서우

서우
Seo-u

강화길 | 스텔라 김 옮김
Written by Kang Hwa-gil
Translated by Stella Kim

K

ASIA
PUBLISHERS

차례
Contents

서우   07
Seo-u

창작노트   75
Writer's Note

해설   81
Commentary

비평의 목소리   109
Critical Acclaim

서우
Seo-u

실종된 여자들은 모두 마지막에 택시를 탔다. 그들의 행적은 택시에서 내린 이후 끊겼다. 시간대는 새벽 한 시에서 두 시 사이였고 목적지는 주현동이었다. 지난 일 년 동안 그렇게 네 명이 사라졌다. 이제 나는 택시 앞 자리에 앉지 않는다. 오른쪽 뒷좌석, 운전사의 목덜미가 잘 보이는 자리에만 앉는다. 그들의 표정을 쉽게 살펴볼 수 있기 때문이다. 내가 누군가에게 택시 번호를 적은 문자를 보내거나 그에 관한 통화를 할 때, 그들의 옆얼굴이 어떻게 달라지는지 직접 목격해야만 하기 때문이다. 불편한 기색을 숨기지 않는 이들은 두렵지 않았다. 신경을 곤두서게 하는 건, 그래서 긴급 신고 번호

All the missing women took a cab before they disappeared. Their tracks ended after they got off the cab. It was between one and two in the morning, and their destination was Juhyeon-dong. Over the past year, four women went missing. I no longer sit in the front passenger seat of a cab. I only sit in the rear right seat—where I can see the back of the driver's neck. It's easy to see their faces from there. I have to see how their faces change when I text or call someone about the cab's license plate number. I wasn't afraid of those who express discomfort. The ones that made me nervous, the ones that made me grip my phone with 911 already typed on the screen were the ones with slick faces

를 누른 핸드폰을 몰래 꼭 쥐고 있게 하는 건, 일말의 불쾌감도 드러내지 않는 매끈한 얼굴들이었다. 물론 그들이 예의를 지킨 것일 수도 있다. 실제로 그렇게 기분 나쁜 행동이 아니었을 수도 있고. 그러나 내 생각에 그들은 겉보기와는 전혀 다른 속내를 품고 있기에 그렇게 평온할 수 있는 거였다. 그러니까, 나는 이런 목소리가 들리는 듯했다. 괜찮아. 저년이 무슨 짓을 해도 상관없어. 마음만 먹으면 언제 어디서든 저 조막만 한 손가락을 부러뜨릴 수 있으니까. 어린 시절, 나를 가르친 어떤 선생님은 정직하지 못한 것보다 나쁜 건 매사 핑계를 대는 거라고 말한 적이 있다. 나도 주현동에 산다.

　사라진 여자들이 탑승했던 택시는 모두 달랐고 내린 장소 역시 제각각이었다. 운전사들은 전부 남자였는데 다들 확실한 알리바이가 있었다. 경찰은 그들 중 누구로도 용의자를 좁히지 못했다. 수사는 이후 다른 방향에서 진전되었다. 범인은 동네로 들어오는 택시를 기다리는 제삼의 인물이라고 했다. 여자들이 차에서 내리면 그때 범행을 저지른다는 것이었다. 그러자 소문이 돌기 시작했다. 택시 운전사 중 한 명이 범인이라고 했다. 범인과 운전사가 공범이라고도 했다. 택시 회사에 인신매매를 하는 집단이 있기 때문이었다. 이에 택시 회사가

whose expressions didn't change at all. Of course, they could've been simply trying to be polite. And my actions might not even be that offensive. But I think they look so calm because they're hiding their true intentions. I could almost hear them think, It's okay. It doesn't matter what that bitch is doing. If I put my mind to it, I can break her small fingers at any point in time, anywhere. When I was a girl, there was one teacher who told me that always making excuses was worse than not being honest.

I also live in Juhyeon-dong.

The missing women had all taken different cabs, and their drop off points were different as well. The drivers were all men, and they had solid alibis. The police weren't able to narrow down the suspects. The investigation then took off in a different direction. The police said the culprit was someone who waited for a cab to enter Juhyeon-dong. They said he committed the crime when the women got out of the cabs. Then the rumors began to spread. People said one of the cab drivers was the criminal. Others said that the criminal and cab drivers were accomplices because there were human traffickers at the cab company. Then the cab company released a statement. Some drivers refused to go to Juhyeon-dong because they didn't want to be

성명서를 냈다. 어떤 기사들은 범인 취급받고 싶지 않다며 주현동으로는 아예 운행하지 않았다.

소문의 몸집이 더 불어났다. 택시 회사도 한통속이라 했다. 이걸로 제 뱃속을 채우는 인간들이 한둘이 아니라고 했다. 사장부터 일개 사원까지, 이 일에 연루되지 않은 사람이 없을 지경이라고 했다. 심지어 경찰에도 연줄이 닿아 있다고 했다. 왜냐하면 사람 장사만큼 돈이 되는 게 없으니까. 늘 비어 있는 뒷주머니는 두둑해지는 순간 바로 헐렁해지기 마련이니까. 때문에 택시를 탈 거면 여자 운전사의 차를 타라고 했다. 그녀들의 택시만 안전하다고 했다. 여자는 그런 사업에 끼워주지 않으니까. 그래서 여자들은 아무것도 모르니까. 앞으로도 그럴 테니까. 설사 말을 한다 해도 알아듣기는커녕, 겁에 질려 소리만 지를 테니. 이런 말들을 듣고 있으면 소문이란 진실보다는 어떤 바람에 더 가깝다는 생각이 든다. 제발 실제로 그랬으면 하는 마음. 이 모든 일의 원인을 찾을 수 있었으면 하는 소망. 그러면 적어도 무엇을 조심해야 하는지 결정할 수 있다. 언제 마음을 놓아야 하는지 알 수 있다.

누구보다 내가 그랬다. 그래서였다. 방금 전, 나는 이 택시의 운전사가 여자라는 사실을 알자마자 핸드폰을

treated like criminals.

Rumors grew. Some said that the cab company was in on the whole crime. They said it wasn't just one or two people who were stuffing themselves with money from human trafficking. From the company president to mere employees, nearly everyone was involved. Some people said that even the police were in on it as well. Because there was nothing more lucrative than selling people. If you weren't used to having your back pockets full, they emptied as soon as they were filled. So people said if you were going to take a cab, make sure to take the one driven by a woman. Only women's cabs were safe. Because men don't include women in such business. So women don't know anything. And they will stay that way. Even if the men tell the women, they wouldn't understand—they would only scream in fear. When I hear things like that, I think that rumors are closer to hopes than truths. Hope that whatever is being said is true. Hope to get to the root of all these problems. Then at least we would be able to figure out what to be careful of. We'd know when to feel relieved.

Let alone everyone else, that was how I was. And that was why. Moments ago, as soon as I realized that the driver of this cab was a woman, I slipped

주머니에 집어넣었다.

　이렇게 당연하다는 듯 쉽게 마음을 놓아버리는 것도
무례한 일일까. 문득 나는 생각했다. 그러나 아마 이 어
색한 죄책감은 좌석에 등을 기댄 채 창밖을 바라보는
익숙지 않은 자세 때문일 것이다. 평소 택시에서는 경
험할 수 없는 일이었다. 운전사는 대부분 남자였기 때
문이다. 나는 항상 허리를 꼿꼿이 세우고 차 안을 주시
하기 바빴다. 나 이외에는 무엇도 존재하지 않는 것 같
았다. 하지만 지금 나는 텅 빈 도로를 달리는 택시의 속
도와 흔들림을 고스란히 느끼고 있었다. 안정감 있게
몸을 받쳐주는 의자의 깊이를, 등에 와 닿는 매끈한 촉
감을 새삼스레 깨닫고 있었다. 창밖에서 흘러들어오는
흐릿한 빛도 손끝으로 만져볼 수 있을 것 같았다. 그뿐
아니었다. 거리의 간판들도 눈에 들어왔다. 무궁화 맨
션, 탄천 주차장, 홀러스 미싱, 노일 커피. 이 부근에 저
건물이 있었나. 이 가게가 여기쯤이었나. 글자들은 오
래된 기억처럼 금세 어둠 속으로 사라져갔지만, 나는
머릿속 잔상이 마저 흩어질 때까지 거리에서 눈을 떼지
않았다. 나는 거의 매일같이 새벽녘에 퇴근했다. 택시
를 타지 않고서는 주현동으로 갈 수 없었다. 지난 일 년,

my cellphone into my pocket.

I wonder if it's rude to feel at ease just because she's a woman, I thought. But perhaps I was only feeling awkward because I was sitting in an unfamiliar position, leaning back into the seat and looking outside. It wasn't something I could do in other cabs. Because most drivers were men. I was always busy keeping an eye on the driver, sitting up straight and never letting my guard down. Nothing seemed to exist other than me. But here I was now, feeling the speed and the vibrations of the car as it raced down an empty street. I was taking in for the first time the depth of the seat that comfortably held my body and the sleek texture against my back. I felt that I could almost touch the dim light flowing in through the window. Not only that, I noticed the signboards along the street as well. Mugunghwa Mansion, Tancheon Parking Lot, Plus Alterations, Noil Coffee. Had that building always been there? Was that store in this area? The words soon faded into darkness like old memories, but I didn't take my eyes off the street even until the remnants of the images in my head disappeared. I got off work a little before daybreak every day. I couldn't get to Juhyeon-dong without taking a cab.

택시 안에서 나는 집으로 돌아간다는 기대감보다는 무슨 일이 생길지도 모른다는 염려를 더 많이 끌어안은 채 앉아 있곤 했다. 오늘처럼 앞좌석 아래까지 다리를 뻗고 창밖을 내다보는 일은 없었다. 그래서인지 나는 불현듯 찾아온 이 편안한 순간을 지겨운 불안과 맞바꾸고 싶지 않았다. 나는 속으로 중얼거렸다. 가끔은 이렇게 무사한 날도 있는 거라고. 한 번쯤은 이런 걸 누려도 된다고.

그때였다.

"아가씨, 집이 주현동이에요?"

급작스러운 질문에 나는 고개를 돌렸다. 백미러 속에서 운전사와 시선이 마주쳤다. 그녀가 나를 보며 웃었다. 눈매가 부드러웠다. 나이는 마흔을 조금 넘었을까. 흰머리가 꽤 많았다. 그러나 원래 머리카락 색도 옅은 편인지 전체적으로 자연스러웠고, 깔끔하게 손질되어 있어서 지저분한 느낌은 없었다. 나는 대답했다.

"네. 주현동에 살아요."

"언제부터요?"

형식적인 반문 같았지만, 어쩐지 조심스러워하는 느낌이 들었다. 최근의 사건 때문일 것이다. 물론 내 기분 탓일 수도 있었다. 어느 순간부터 동네에 대한 질문은

For the past year, more often times I sat in the cab with concern that something might happen to me than the pleasant anticipation of returning home. I'd never sat with my legs stretched out in the front seat and looking out the window, the way I was doing today. Perhaps that was why I didn't want this moment of comfort to be replaced with routine anxiety. I quietly told myself, Some days you're just safe. You're allowed a day like this once in a while. It was at this moment that she asked me, "Do you live in Juhyeon-dong?"

I turned my head at her abrupt question. My eyes met hers in the rearview mirror. She smiled at me. The edges of her eyes were soft. I thought she seemed just a little over forty. She had a lot of gray hair. But it looked natural, as her hair seemed to be on a lighter side. It was neatly cut and styled so that it did not seem messy at all.

"Yes, I live in Juhyeon-dong," I answered.

"Since when?"

Her response sounded like a formality, but there was a hint of caution in her voice. Probably because of the recent murders. Or perhaps I was being too sensitive. Now, questions about the neighborhood I live in had underlying implications. I felt grateful for people's consideration when they didn't

무엇이든 어쩔 수 없이 의미를 지니게 되었으니까. 불쾌하지 않은 것만으로도 충분히 배려받은 기분이 들곤 했다. 지금 운전사의 질문처럼 말이다. 나는 대답했다. 아주 어린 시절부터 주현동에 살았다고. 주현동에 살지 않은 적이 없다고. 그 순간이었다. 운전사의 목덜미가 눈에 들어왔다.

오른쪽 목덜미 아래 부근에 점이 하나 있었다. 엄지손톱보다 약간 컸다. 옅게 푸른빛을 띠었다. 어느 부분은 진하고 또 어떤 부분은 흐릿했는데 어두침침한 차 안으로 배어 들어오는 바깥 불빛 때문에 더 그렇게 보이는 것 같았다. 특이한 건 모양이었다. 찌그러진 동그라미 같기도 했고 대충 휘갈겨 쓴 알파벳 글자 같기도 했다. 점이라기보다는 일부러 저렇게 그린 그림에 더 가까워 보였다. 그제야 알아차렸다. 저건 문신이었다. 덜 지워진 탓에 색소 흔적이 얼룩덜룩하게 남은 것이다. 그림의 형태가 서서히 제대로 보이기 시작했다. 멀리, 한 곳을 응시하며 입을 벌리고 있는 표정. 부르르 떠는 느낌. 갑자기 익숙한 기분이 들었다. 어디선가 나는 이 그림을 본 적이 있었다.

"아아, 그래요?"

여자가 웃으며 반문했다. 이에 나는 고개를 다시 창밖

ask offensive questions. Like the one that this driver just asked. So I told her that I'd lived in Juhyeon-dong since I was very young. That I'd always lived in Juhyeon-dong. It was at that moment that I noticed something on her neck.

There was a dark spot around the base of her neck. It was slightly bigger than my thumbnail and was bluish in color. A part of it was darker than the rest, probably because of the light seeping through from the outside. The shape of the spot was rather interesting. It looked like a dented circle or a letter of the Alphabet scrawled on her neck. Actually, it looked more like a drawing than a dark skin spot. That was when it dawned on me. It was a tattoo. It hadn't been completely removed, so traces of it were left mottled on her skin. Its image became clearer to me over time. A face, staring off somewhere far beyond with its mouth gaping open. Trembling. It suddenly felt so familiar. I'd seen that image before.

"Oh, is that right?" she replied with a smile.

I turned my head to look out the window again. The number of signboards outside had decreased noticeably. As it grew darker outside, the inside of the cab grew darker as well. This was a typical ride to Juhyeon-dong. It was dark, still, and difficult to

으로 돌렸다. 지나가는 간판들의 수가 확연히 줄어 있었다. 밖이 어두워지며 차 안도 한층 더 캄캄해졌다. 주현동으로 가는 길은 항상 이런 식이었다. 어둡고 적막하고 무언가를 찾아보기가 힘들었다. 주현동의 이런 풍경을 화제로 올리는 목소리를 들을 일이 최근 잦았다. 주현동 주민들이 안됐다고, 하지만 동네에 문제가 있으니까 그런 일이 계속 생기는 거라고. 사라진 여자들도 다 이유가 있어서 그렇게 된 거라고.

아아, 그래요?

내가 왜 애초 여자의 말투에서 어떤 불편함도 느끼지 못했는지 알 것 같았다. 그녀의 목소리는 이 사건에 말을 얹고 싶어 안달 내거나, 두려움을 감추려 자신의 눈두덩을 지그시 누르는 이들의 손짓과는 확연히 달랐다. 그녀의 반응은 내가 너무도 익숙한 나머지, 과연 이게 화를 낼 문제인지조차 인식할 수 없는 어떤 언급들을 더 닮아 있었다. 그때, 그 선생님이 말했다.

"주현동에서는 무슨 일이든 일어날 수 있지."

농담이라고 생각해서 나도 웃었는데, 그녀가 아이들 앞에서 공개적으로 말하는 걸 여러 번 듣고 농담이 아니라는 걸 알았다. 그러나 아이들과 함께 킬킬대던 나를 향해 그녀가 "역시 넌 정말 문제 많은 애구나"라고

see anything. Recently, many people had begun talking about the environment of Juhyeon-dong. People said they felt sorry for its residents but added that the neighborhood had a problem and that was why bad things happened there. They said the missing women disappeared for a reason.

Oh, is that right?

I realized why I felt no discomfort from the way she was talking. Her voice was different from that of others who were impatient to say something about the cases or who quietly pressed their eyelids to hide the fear in their eyes. Her response was very similar to the comments that I was so familiar with that I couldn't even figure out whether to be mad or not.

Once, a teacher had said, "Anything can happen in Juhyeon-dong."

I'd laughed along with her because I thought she was joking. I realized that it wasn't a joke when I heard her repeat it several times in front of other children. But I didn't get upset when she told me, "You're such a troublemaker," as I giggled along with my classmates. I didn't get angry even when I found out that Juhyeon-dong was not only a poor and secluded neighborhood but also a place rife with troublemakers. Well, she sounded right, and it

말하는 순간에도 기분 나빠하지 않았다. 덕분에 주현동
이 가난하고 후미진 곳일 뿐 아니라 문제 많은 애들이
득실거리는 곳이라는 걸 알게 된 이후에도 화나지 않았
다. 뭐랄까, 그냥 당연한 말처럼 들렸고 내가 감수해야
한다고 느꼈다. 그래서 노력해야겠다고 생각했다. 얌전
해지면, 공부를 잘하게 되면, 그러니까 지금보다 덜 웃
으면 선생님이 날 좋아해주겠지. 주현동 사람 같지 않
다고 말해주겠지. 그런 일은 없었다.

　사실 그게 그 여자의 교육 방식이었다. 한 아이를 망
신주고 괴롭히면 다른 아이들은 겁을 먹는다. 아이들을
다루기가 쉬워진다. 그런데 그녀의 진짜 특별한 훈육
방법은 따로 있었다. 5교시 수업이 끝나는 시간쯤, 한
아이를 지목해 그 학교에 다니는 자신의 일학년 딸을
교실로 데려오게 하는 거였다. 우리는 열 살이었다. 그
일은 대단한 의미가 있었다. 선생님이 지목하는 아이들
에게는 어떤 특징이 있었다. 공부를 잘하거나, 집이 잘
살거나, 얼굴이 예쁘거나 말을 잘 듣는, 남들이 봤을 때
도 착한 아이구나 싶은 학생들. 아이들은 경쟁했다. 내
게는 기회가 돌아온 적이 없었다. 그래서 그날, 나는 심
부름을 가는 반장에게 과자를 잔뜩 사 주고 그 일을 대
신 맡았다.

was something I had to bear. So I thought I should try hard. If I behaved well, if I did well on my tests, and if I laughed less, the teacher would like me. She'd tell me that I don't look like a kid from Juhyeon-dong. That never happened.

That was how she kept the kids in line. When she shamed and picked on one child, other children grew scared. That made it easier for her to handle the children. And she had one really special training method. Near the end of the fifth period, she chose one student in her class to bring her daughter, who was in first grade at the same school, to our class. We were ten years old. And it was a coveted task. The children that the teacher picked for the task had certain characteristics. They were either smart, rich, pretty, or obedient—the kind whom everyone thought were good children. We competed for the task. I never had a chance. So, that day, when the class monitor was leaving for the first grade classroom, I bought him a lot of snacks and got to do the task myself.

"Hey, Seo-u."

She turned around upon hearing me call her name.

When I told her that her mom had sent me to fetch her, Seo-u followed me out without hesitation. I had been worried that she might dislike me,

"서우야."

이름을 부르자 아이가 돌아봤다. 엄마가 데리러 오라
고 했다는 말을 하자 아무 경계심 없이 나를 따라나섰
다. 나를 싫어할까 봐 내심 걱정했는데 다행이었다. 심
지어 아이는 내게 먼저 손을 내밀었다. 나는 그 손을 꽉
잡았다. 미술 시간이 막 끝났는지 아이의 손에 끈끈한
풀이 조금 묻어 있었다. 끈적거려서 싫었지만 나는 아
이에게 좋은 인상을 주고 싶었기 때문에 내색하지 않았
다. 하지만 어색했다. 뭘 어떻게 해야 할지 몰라서 그냥
생각나는 대로 질문했다.

"서우야, 손에 든 거 뭐야? 오늘 그린 거야?"

아이가 고개를 끄덕이며 들고 있던 스케치북을 열어
보여줬다. 나는 그림을 알아보고 약간 당황했다. 도화
지 속에는 색종이와 잡지, 신문 등을 찢어 콜라주 형태
로 표현한 고양이 한 마리가 있었다. 당시 유행하던 문
구 브랜드 캐릭터로 애교를 부리며 몸을 부르르 떠는
새끼 고양이였다. 고양이 얼굴을 물결 모양 곡선으로
그린 점이 특이해 인기가 많았다. 애교 부리며 몸을 떠
는 모습을 표현하려 그렇게 만들었다고 했다. 목에 동
그라미 모양의 빨간색 보석 목걸이도 걸고 있었다. 아
이들은 그 캐릭터가 그려진 공책, 필통, 연필 등등의 학

so it was a relief. And she even reached for my hand. I held her hand tightly. She must have just gotten out of an art class, because there was a bit of glue left on her hand. I didn't like it because it was all sticky, but I didn't let it show because I wanted to leave a good impression. I felt nervous. I didn't know what else to do, so I asked her whatever questions came into my head.

"Hey, Seo-u, what's that in your hand? Did you draw something today?"

Seo-u nodded and opened the sketchbook to show me her artwork. When I realized what the picture was, I was a bit agitated. On the paper was a collage of colored papers, pictures from magazines and newspapers glued together into an image of a cat. It was a kitty character that was popular at the time. It was known for shimmying when acting cute and charming. Its face was drawn with wavy lines to express it shaking its body. The kitty also wore a necklace with a red circle that represented a red gem. All the kids had at least one notebook, pencil case, pencil, or other stationery branded with that character. I didn't.

"Wow, Seo-u! You draw so well!"

I praised her artwork. She laughed.

"I didn't draw it. It's a collage."

용품을 적어도 하나씩은 갖고 있었다. 나는 없었다.

"와. 서우야, 엄청 잘 그렸다."

나는 과장된 말투로 아이를 칭찬했다. 그러자 아이가 웃었다.

"이거 그린 거 아니야. 콜라주야."

나는 멋쩍었지만 따라 웃었다. 그러자 갑자기 아이의 표정이 냉담해졌다. 이유를 알 수 없어서 나는 아이의 눈치를 봤다. 아이가 나를 좋게 말해주지 않으면, 선생님은 나를 계속 싫어할 것이다. 어색한 분위기에서 3학년 교실이 연결된 계단에 올라서는데, 아이가 느닷없이 교문 밖을 가리켰다. 문구점에 다녀오자고 했다. 쉬는 시간이 거의 끝나가고 있었다. 나는 안 된다고 했다. 아이가 볼멘소리로 중얼거렸다.

"다른 언니들이랑 오빠들은 같이 가줬는데."

그리고 잡았던 내 손을 놓았다. 나는 황급히 아이의 손을 다시 잡으며 말했다.

"그래, 다녀오자."

아이는 문구점에 들어가자마자 과자 한 봉지를 샀고 그 자리에서 뜯었다. 하얀 설탕을 입에 묻혀가며 게임을 했다. 나도 하나 먹어보라는 말을 기대했지만, 전혀 없었다. 그러고서 아이는 게임 두 판을 내리 졌다. 학교

I felt a bit embarrassed, but I laughed along with her. Suddenly her expression cooled. I didn't know why, so I glanced at her. If she didn't say good things about me, my teacher was sure to go on hating me. In awkward silence, we stepped onto the staircase toward the third grade classrooms, when Seo-u pointed to the school entrance. She wanted to go to a store outside. The break time was almost over. I told her no.

"Other people from your class took me there," she sulked. And she let go of my hand.

Quickly I took her hand in mine again and said, "Okay. Let's go then."

The moment she entered the stationery store Seo-u bought a bag of cookies and opened it. Smearing her mouth with white powdered sugar, she played a game on the arcade machine. I hoped that she'd ask me to try a cookie, but she never offered. Then she lost two games in a row. The school bell rang, signaling the beginning of the sixth period. I urged her to head back to school, but she wanted to play one more game. I pulled on her arm, dragging her away from the arcade machine. She snapped at me, moaning about her arm hurting, but I tightened my grip and started running. But when we got back, the school was al-

에서 종소리가 울려왔다. 다음 수업 시작을 알리는 종
이었다. 나는 어서 가자고 재촉했지만 아이는 한 판만
더 하겠다고 했다. 나는 억지로 아이의 팔을 잡아끌었
다. 아이가 아프다고 짜증을 냈지만, 나는 팔을 더 세게
쥐고 뛰기 시작했다. 그러나 도착했을 때 학교는 이미
고요했다. 계단을 오르는 동안 가슴 깊은 곳이 조이듯
떨려왔다. 아이가 옆에서 칭얼댔다. 손 아파. 세게 잡아
당기지 마. 위층으로 올라갈수록 마음이 급해졌고 아이
는 추를 매단 것처럼 무거워졌다. 빨리 올라와. 빨리 좀
걸어. 내가 화를 냈다고 여겼는지 아이는 입을 삐죽이
며 토라졌다. 자리에 섰다. 올라가지 않겠다고 말했다.
나는 아이의 팔목을 다시 세게 잡아당겼다. 아이는 뿌
리쳤고, 나는 다시 잡았다. 아이는 그 자리에서 버텼다.
일 분 정도였을까. 나와 아이는 서로를 힘주어 잡아당
겼다. 서로를 노려봤다. 내 손바닥이 미끄럽다고 느낀
건 찰나였다. 나는 아이를 잡으려 했다. 하지만 정신을
차렸을 때, 아이는 이미 계단 아래로 데굴데굴 굴러떨
어지고 있었다. 그리고 내 옆으로 누군가 빠르게 뛰어
내려갔다. 선생님이었다.

"주현동에서 어떻게 계속 살 수 있는지 모르겠어요.
아가씨는 이사할 생각 없어요?"

ready quiet. As I walked up the steps, my heart seized and throbbed. Seo-u whined by my side. My hand hurts. Stop pulling me so hard. I grew more anxious and worried as we climbed the stairs, and Seo-u grew heavier as though weights were hanging on her. Come up quickly. Walk faster. Thinking that I was yelling at her, Seo-u pouted her lips and brooded. She stopped short. Then she said she wouldn't walk up the stairs. I grabbed her by the wrist and pulled her harder. She jerked her arm loose, and I grabbed her again. She resisted. A minute or so had passed. I tugged at Seo-u, and she held her ground. We glared at each other. For an instant I thought that my hand was slippery with sweat. I tried to grab her. But when I came to, she was already rolling down the stairs. And someone rushed past me down the steps. It was my teacher.

"I don't know how people can still live in Juhyeon-dong. Don't you want to move?"

I smiled at her words. That day, the teacher said I would get into big trouble at some point in my life. That did not come true. Because I realized that I was an easy suspect no matter how hard I tried to be nice or how good my intentions were. I learned it was nearly impossible to break away from prejudice once people formed their opinions. After that

여자의 말에 나는 살짝 미소를 지었다. 그날, 선생님은 내가 언젠가 큰 문제를 일으킬 거라고 했다. 그 말은 실현되지 않았다. 노력이나 선의와 상관없이 내가 의심받기 쉬운 사람이라는 걸 깨달았기 때문이다. 한 번 선입견이 생기면 거기서 벗어나기란 거의 불가능하다는 걸 알게 되었기 때문이다. 이후 나는 사람들이 그날 계단 아래의 선생님과 같은 표정으로 나를 바라볼 일은 없게 하겠다고 다짐하고 살았다. 어떤 일에도 감정을 드러내지 않았고, 사람들에게 필요 이상으로 다가가지도 않았다. 해소하지 않으면 견딜 수 없는 감정에 휩싸일 때는, 알아서 처리했다. 무작정 참는 것, 상대에게도 이유가 있으리라 믿어보려는 것, 혹은 이해하려 하는 건 내게 효과가 없었다. 대신, 마음 안에 불편한 감정들을 버릴 수 있는 오물통이 하나 있다고 생각하자 일이 쉬워졌다. 나는 험악한 상상을 했다. 끔찍한 단어들을 읊었다. 그건 이루어질 수 없는 나의 환상이었기에, 나는 그걸 원하는 만큼 즐길 수 있었다. 이후 그것들을 오물통에 차곡차곡 버렸다. 통이 가득 찼다 싶으면 뒤집어 비웠다. 모두 쏟아버렸다. 좋았다. 매번 새 물건을 갖는 기분이었다. 그러니까 이번에도, 그럴 것이다.

고개를 돌렸다. 백미러에 그녀의 얼굴이 비쳤다. 화장

day, I made a resolve never to have anyone else look at me the way the teacher had looked at me that day from the bottom of the steps. I never showed my feelings, and I never got unnecessarily close to people. When I was overcome with emotions that I couldn't get away from, I took care of it. Blindly putting up with it, trying to believe that the other person must have had a reason, or attempting to understand them did not work for me. But things got easier when I imagined a bucket inside me where I could discard all the discomfort and hate I felt. I thought of terrible things. I mumbled awful things to myself. They were fantasies that would never come true, so I was able to enjoy them as much as I wanted. Then I threw them out into the bucket. When I felt that the bucket was full, I emptied it. I poured everything out. It was satisfying. It was like getting a new present every time. So it would be the same this time too.

I turned my head. I noticed the driver's face reflected in the rearview mirror. The red lipstick on her otherwise unmade-up face stood out. I'd realized that she was a woman because of her lips. Even before I got into the cab, she had stuck out her lips and asked, "Where are you headed?" In the picture on the taxi driver certificate on the inside of

기 없는 얼굴에 빨간색 립스틱이 선명했다. 여자라는 걸 알아본 이유도 바로 저 입술 때문이었다. 내가 자리에 채 앉기도 전에 빨간 입술을 내밀며, "어디로 가요?"라고 물어왔던 것이다. 차 문 안쪽에 붙은 기사 인적사항 카드의 사진에서도 여자는 시뻘건 입술로 웃고 있었다. 물에 번진 듯 색이 바랜 탓에 사진 속 얼굴을 알아보기는 힘들었지만, 입술만큼은 선명했다. 사진 옆에는 '무사고 12년'이라는 안내문이 있었다. 나는 속으로 웃었다. 십이 년간 운전을 안 했다는 뜻은 아닐까. 비웃음, 경멸, 천박한 단어들, 목소리들이 내 안에서 첨벙거렸다. 어서 더 많이 스며들기를. 빨리 바닥으로 쏟아지기를. 그러다가 안내문 아래 적힌 택시 번호를 봤다.

4703

내가 차에 올라타기 전 확인했던 숫자가 아니었다. 내가 기억하는 네 자리 숫자는 6으로 시작했다. 분명했다. 메시지 함을 열어 숫자를 적었던 일도 생각났다. 나는 핸드폰을 꺼냈다. 기사가 여자인 걸 알고 그만두기는 했지만, 다른 버튼을 누르지는 않았으니 입력한 숫자가 그대로 남아 있을 것이다. 메시지 함을 열었다. 숫자 0만 적혀 있었다.

나는 엄지손가락을 살짝 깨물었다. 내가 틀린 걸까.

the door, she was smiling with her blood—red lips. The picture had faded over time and her face was blurry, but her lips were striking. Next to her picture was a sticker that said, "No accidents for 12 years." I smiled to myself. I wondered if that meant she didn't drive for 12 years. Sneer, contempt, vulgar words and voices splashed inside me. I hoped more and more would seep through me and pour out onto the ground. That was when I noticed the license plate number written under the "no accident" sign.

4703

That wasn't the number I'd seen before I got on the cab. The four digit number I remembered began with a six. I was sure. I remembered opening a new message and typing in the numbers on my phone. I took out my phone. I didn't type all four numbers when I realized that the driver was a woman, but I didn't cancel the message, so the numbers I'd pressed would still be on the phone. I opened the text message app. There was only a 0 there.

I bit my thumb. Perhaps I was wrong. Maybe I wasn't remembering it right. It happened only about 15 minutes ago. It was a four—digit number that started with a zero. How is it that I've com-

잘못 기억하고 있는 걸까. 겨우 십오 분 전에 있었던 일이다. 분명 6으로 시작하는 네 자리 숫자였다. 어떻게 이렇게 까맣게 잊을 수 있는 거지. 나는 기억을 떠올리려 애썼다. 후회되었다. 내가 방심했던 것이다. 평소처럼 긴장을 늦추지 말고 숫자를 전송했어야 했다. 전화를 걸었어야 했다. 한심하기 짝이 없었다. 왜 그렇게 철썩 믿었을까. 어쩌자고 그렇게 쉽게 안심했을까. 나는 고개를 슬며시 들었다. 기사가 뭔가를 눈치챘을까 봐 신경 쓰였다. 내가 불안해한다는 걸, 그러면서도 아무렇지 않은 척 냉소적인 표정으로 차 안을 둘러보고 있다는 걸 운전사가 몰랐으면 했다. 하지만 내 시선은 한곳을 오래 바라보지 못하고 자꾸만 흔들렸다. 누가 봐도 이상하다고 생각할 것 같았다. 어떻게든 평정을 되찾으려 애쓰는데, 기사의 찌그러진 동그라미 문신이 자꾸만 눈에 들어왔다.

잘 보이는 곳에 문신을 했다가 지우는 건 왜일까. 끝까지 깨끗하게 지우지 않은 이유는 뭘까. 그녀가 고개를 조금씩 움직일 때마다 문신도 함께 일그러졌다 펴졌다. 흉측한 동물이 입을 벌렸다 다물기를 반복하는 듯했다. 어딘가를 멀리 바라보며 부르르 떠는 모습, 흐리멍덩하게 지워지는 눈빛. 불현듯 기억이 꿈틀대며 무언

pletely forgotten something like this? I tried hard to recall the numbers. I was already mired in regret. I'd made a mistake. I should've kept my guard up and sent the text with the cab's license plate number. I should've called. I felt useless. Why did I trust her so blindly? Why did I let my guard down so easily? Slowly I raised my head. I was nervous that the driver might have noticed something. I hoped that she didn't know how skittish I was, and how I was feigning calm and cynicism as I looked around her cab. But I couldn't hold my gaze steadily, and my eyes wavered. It seemed obvious that I was acting strange. I tried my best to stay calm, but the driver's tattoo of a dented circle kept catching my eye.

Why did she get a tattoo where other people can see it and then tried to erase it? Why didn't she erase it completely? Every time she moved her head slightly, the tattoo distorted and returned to its shape. It looked like a hideous animal, opening and closing its mouth. Shaking, with its eyes fixed on something far away. Eyes that slowly lost their sparkle. A memory jumped out at me. The teacher's trembling lips as she looked at me. The sketch-book that had fallen by her feet. A collage of the cartoon kitty. Seo-u had bunched up red yarn in a ball to create a gem for the kitty's necklace in the

가 떠올랐다. 나를 바라보며 파르르 떨던 선생님의 입술. 그 옆에 떨어져 있던 스케치북. 고양이 콜라주. 서우는 고양이의 빨간 목걸이를 붉은 털실로 동그랗게 뭉쳐 만들었다. 그건 툭, 튀어나온 심장 같았다. 칼이 박혀 피가 고인 자국 같았다. 실제로 그때 그런 소문이 돌았다. 고양이가 애교를 부리는 모습이 아니다. 죽어가며 몸을 부르르 떠는 모습을 본떠 그린 것이다. 그랬다. 소문에 따르면, 목걸이의 빨간 동그라미는 보석이 아니었다. 검붉은 핏자국이었다. 여자의 문신은 고양이 얼굴을 닮았다.

택시가 커브를 돌았다. 잘못된 방향이었다.

이 길로 다니지 마라. 그늘이 드리운 골목. 먼지투성이 담벼락. 바닥은 늘 젖어 있었다. 시큼하고 비린 냄새가 풍겼다. 여름에는 후텁지근했고 겨울이면 뼈가 시리도록 추웠다. 주현동 사람들은 말했다. 재수 없는 곳이야. 근처에도 가지 마라. 잘못하다가는 거기 사느냐는 소리 듣는다.

오래전, 이 길 양쪽으로는 폐가가 늘어서 있었다. 군데군데 점집이 있었다. 늙은 점쟁이들은 회칠이 벗겨진 녹슨 철문을 사이에 두고 서로의 악운을 점쳤다. 그들이 진심을 감추는 순간은 돈을 들고 찾아오는 파리한

collage. It looked like a protruding heart. A blood-stain forming around a knife stabbed in its chest. Actually that had been a real rumor at the time. The kitty character wasn't shimmying and acting cute. It was actually created based on the way a cat trembles on its deathbed. That was the rumor. And according to the rumor, the red circle on the cat's necklace was not a gem but a crimson bloodstain. The woman's tattoo looked like the cat's face.

The cab turned a corner. It was going in the wrong direction.

Don't take this path. A dark, shadowy alley. Dusty walls. The ground was always wet. It reeked of sour and fishy stench. It was muggy in the summer and frosty in the winter. The residents of Juhyeon-dong often said, It's an unlucky place. Don't even go near that place. If you go there, people might think you live there.

A long time ago, this street used to be flanked with abandoned houses, interspersed with fortune-tellers' houses. Behind rusted iron gates with paint chipping off, old fortune-tellers predicted each other's ill fortunes. The only times they hid their true feelings were when people with pallid faces came to visit them with money. People who needed to be comforted. People who needed someone

얼굴들을 마주할 때뿐이었다. 위로가 필요한 사람들, 마음에 품은 희망을 누군가에게 들켜야만 하는 사람들. 길가의 마지막 점집을 지나면 멀리 주현동의 유일한 임대 아파트 건물이 보였다. 두 동네는 깍지 손을 낀 것처럼 겹쳐 있었다. 주현동 주민들은 그 때문에 집값이 오르지 않는다고 믿었다. 그러나 이 도시의 다른 사람들은 이 길에서부터 주현동이 시작된다고 생각했다.

세월이 흐르며 점쟁이들 몇 명은 그곳을 떠났고, 몇 명은 남은 채 더 늙어갔다. 폐가들은 스러졌다. 가끔 새 건물이 들어서 밤새 불이 켜져 있기도 했지만 이내 곧 어두워졌다. 버려진 건물이 되었다. 재개발이 된다고 했다가 안 된다고 했다가 땅이 팔렸다고 했다가 아니라고 했다. 무수한 소문이 아무렇지 않게 돋아났다가 순식간에 뜯겨 나갔다. 자라면서 나는 그 소문들이 주현동에 대한 이야기와 별반 다르지 않다는 걸 알았다. 구분 짓고 싶어 하는 건 주현동 사람들뿐이었다. 여자들이 실종되기 시작한 이후에도 주현동 사람들은 여전히 이렇게 말했다.

헛. 다 이쪽 길가에서 벌어진 일이야. 그들이 주현동에 죄를 뒤집어씌우는 거야. 우리는 모르는 일이야. 내 머릿속 상상. 여자들이 없어지는 순간의 끔찍한 풍경들

to notice the hopes they kept hidden inside. Past the last fortune-teller's house was the only permanent rental apartment building in Juhyeon-dong. The two neighborhoods overlapped like two hands with interlocked fingers. The residents of Juhyeon-dong believed that street was what kept the house prices from rising. But other residents believed that the street was where Juhyeon-dong began.

Over time, some fortune-tellers left the street, while others remained and grew even older. Occasionally new buildings were built, where the lights remained on throughout the night. But in time the lights went off. Then the buildings were abandoned. There were rumors about redevelopment, then about no redevelopment; some said the land had been sold, then that it wasn't. Countless rumors sprouted like grass and were mowed down. As I grew up, I realized that those rumors weren't different from the stories about Juhyeon-dong. The only people who wanted to draw a line between the two neighborhoods were the residents of Juhyeon-dong. Even after the women started to go missing, the people of Juhyeon-dong said, Shh. It all happened on this street. People are just blaming Juhyeon-dong, but we don't know what happened. My imagination, the terrible scenarios I en-

도 이 길에서부터 시작했다. 홀로 남은 여자, 가느다란 비명, 두려움 가득한 눈동자. 땀에 축축하게 젖은 피부. 늘 그런 이야기를 들어왔던 것이다. 이 길에 들어서면 그렇게 된다고, 노회한 점쟁이들이 숨겨둔 판잣집 지하실로 끌려가게 될 거라고. 사방이 막힌 어둠 속에서 속옷만 입은 채 소리를 지르며 뛰어다니게 될 거라고. 여기서 내보내 달라고, 나가게 해달라고 애원하며.

"아가씨, 이사할 생각 없냐고 물었잖아요."

나는 뭐라 대답해야 할지 몰랐다. 실제로 이런 질문에 제대로 대답해본 적이 없었다. 하지만 여자에게는 뭐든 말해야 할 것 같았다. 그러지 않으면, 안 될 것 같았다. 나는 겨우 대답했다. 그럴 생각은 별로 없다고. 택시의 속도가 빨라졌다.

나는 소문을 떠올리려 했다. 여자 운전사들의 택시를 탄 여자들은 아무 문제가 없었다는 이야기. 왜냐하면 여자 운전사들은 아무리 애써도 남자 운전사들과 어울릴 수 없고, 그래서 비밀스러운 일에 동참할 수 없으니까. 범인이 기다리는 건 여자들을 태운 남자 운전사들이 보내는 은밀한 신호이다. 덕분에 여자들이 소리소문 없이 사라질 수 있었던 것이다. 때문에 여자 운전사들은 아는 게 하나도 없다.

visioned of how the women disappeared also started on the street.

A woman left all alone, strangled scream, eyes full of fear. Skin dripping with sweat. I'd always heard those stories. That was what would happen if you walk down this street. Old fortune-tellers would drag you down to the basement of a secret shanty house. And you'd be left running around screaming, with only your underwear in the pitch-dark confinement. Pleading to be let out, to be let go.

"Miss, I asked you if you plan on moving."

I didn't know how to answer her. I'd never seriously answered such questions before. But I felt as though I should say something to her. It felt like something terrible might happen otherwise. I barely squeezed out an answer about how I hadn't really thought about it. The cab sped down the road.

I tried to recall the rumors. The story about how women who took cabs driven by women are safe. Because women can't associate with men no matter how they try, and men don't let women in on their secrets. The criminal waits for a secret signal from male drivers with female passengers. That's how women disappeared without a trace. And women drivers don't know anything.

"Did you know they found a corpse at the front

"그런데 며칠 전에, 주현동 아파트 정문에서 시체 하나 나온 거 알아요?"

나는 그런 이야기는 아직 소문으로도 들어보지 못했다. 뉴스에도 나오지 않았다.

"듣고 있어요? 계속 대답을 안 하시네."

여자의 말투가 조금 날카로워져 있었다. 내가 자신을 무시한다고 생각하는 것 같았다. 택시는 길 한가운데로 한참 들어와 있었고, 지금은 새벽 두 시가 다 되어가는 중이었다. 밖은 깜깜했고 아무도 보이지 않았다. 나는 이 차에서 내리고 싶었다. 만일 밖에 아무도 없다면, 언제 어디서 누가 튀어나올지 모르는 게 아니라면, 진작 내렸을 것이다. 나는 다시 겨우 대답했다.

"어떻게 아세요?"

"시체를 눕혀놓고 수건으로 눈을 가려놨어요."

내 질문과는 전혀 상관없는 대답이었다. 왜 이런 이야기를 하는지 이해가 안 됐다. 지어낸 말인지, 아니면 정말로 뭔가를 알고 하는 말인지도 분간이 안 갔다. 더는 대화하고 싶지 않았다. 하지만 여자는 더 말하고 싶은 것 같았다. 내가 어떤 대답을 하느냐는 중요하지 않은 것 같았다.

이전에도 이런 운전사를 만난 적 있다. 남자였고, 차

entrance of the Juhyeon-dong apartment building a few days ago?"

I hadn't even heard a rumor about something like that. It wasn't on the news either.

"Did you hear me? You're not answering."

There was a hint of irritation in her voice. Perhaps she thought I was ignoring her. The cab was racing down the middle of the road, and it was approaching two in the morning. It was dark and empty outside. I wanted to get out of the cab. If there really was no one outside, if I was sure no one would jump out of the shadows, I would've gotten out of the car.

I managed to reply, "How did you know?"

"The corpse was lying on its back, and her eyes were covered with a towel."

Her answer had nothing to do with my question. I didn't know why she was telling me this. I couldn't tell if she was making this all up or whether she actually knew something. I didn't want to talk to her anymore. But it seemed that she wasn't done talking. My answers didn't seem important to her.

I'd met a cab driver like her before. It was a man, and his car reeked of old quinces. I had cracked open the window because the smell made me dizzy, but he told me to close it. He said he had weak

에서는 오래된 모과 향이 진하게 풍겼다. 머리가 어지러울 지경이라 차창을 조금 열었더니 닫으라고 했다. 기관지가 좋지 않아서 바깥 공기를 마시면 안 된다고 했다. 그러고는 혼자 떠들기 시작했다.

베트남전쟁에 참전한 적이 있다고 했다. 얼핏 봐서는 전혀 그 나이 때 사람으로 보이지 않았지만, 어쨌든 그는 그렇게 말했다. 새벽이었고 그날도 주현동으로 가고 있었기에 나는 그의 이야기에 더욱 긴장했다. 사람 죽이는 게 보통 일이 아니에요. 아가씨는 모르겠죠. 고문할 때, 기절한 놈에게 물을 뿌리는 이유가 뭔 줄 아십니까. 깨우려는 게 아니에요. 피부가 야들야들해지거든. 뭔지 알죠. 아, 모르시겠지. 그런 피부가 맞으면 더 아파요. 전쟁터에서도 그 짓을 하는 놈들이 있었어요. 죽이기 전에 물을 뿌리는 거지. 굳이 시간을 들이는 거야. 그 대목에서 내가 대답했다. 네. 맞아요. 그렇겠죠. 그가 큰소리로 웃었다. 맞기는. 뭘 맞아. 그런 피부에 칼 들어가는 게 어떤 건지 진짜 알아요? 나는 대답하지 않았다. 그가 나와 대화하고 싶은 게 아니라는 걸 깨달았기 때문이다. 그는 그저 떠들고 싶은 거였다. 이야기의 구체적 상황이나 주변 묘사, 시간대 모두 어설프고 허황됐다. 반대로 시체가 뉘어져 있는 모습이나 살해 장면을

lungs and shouldn't breathe the outside air. Then he began to chat away.

He said he'd fought in the Vietnam War. He didn't look old enough to have done so, but that was what he said. It was early morning, and I was heading to Juhyeon-dong as usual, so I became more distressed as I listened to his story. Killing a man is no easy task. You wouldn't know. You know why they splash water on people's face when people pass out from torture? It's not to wake them up. Water makes your skin tender, you know what I mean? Ah, you wouldn't know. It's more painful when you get beaten. There were guys who did that on the battlefield too. Splashing water on people before killing them. Taking their time. At that moment, I answered, Yeah, that's right. I guess people do that. He laughed out loud. Right? You don't know that. You know what it feels like to break tender skin like that with a knife? I didn't reply. I realized that he wasn't trying to talk to me. He just wanted to talk. The details, scenery, time, and everything else were sloppy and improbable. But on the other hand, his description of the corpses lying on the ground or killing people were extremely specific. I thought he was talking about something he'd read or heard somewhere. But it

묘사하는 건 지나치게 상세했다. 어디서 읽거나 들은 걸 말하는 것 같았다. 그러나 우습지 않았다. 자신의 이야기를 듣는 나를 백미러를 통해 살피고 있다는 걸 눈치챘기 때문이다. 입술을 핥는 혀끝을, 미세하게 깜빡이는 눈꺼풀을, 내 표정을. 그는 흥분해 있었다.

그에게 그만 말하라고 해야 했을까. 단둘이 어둠 속을 달려가는 중이었다. 나는 얌전히 자리에 앉아 있기만 했다. 그가 무엇을 원하든 그대로 내버려 둔 채. 대신 내 안에 떠오르는 장면들을 주워 삼켰다. 그의 이야기에 나오는 대로, 그의 충고를 따라 차가운 물을 뿌려 야들야들해진 그의 불룩한 배 한가운데를 날카로운 칼로 깊숙이 가르는 바로 그 장면을. 그는 말했다. 내장이 몸 밖으로 흘러나와도 인간은 꽤 오랫동안 살아 있을 수 있다. 모과 향이 피 냄새 같았다.

"단숨에 죽었을까?"

여자가 말했다. 동조하는 편이 좋을 것 같았다.

"아마도요."

"정말?"

"아닌가요?"

여자가 나지막하게 대답했다. "내가 어떻게 알아요."

말투가 차가웠다. 그러더니 덧붙여 물었다.

wasn't funny. Because I noticed him glancing at me through the rearview mirror as I listened to his story. He was watching the tip of my tongue moistening my lips, my trembling eyelashes, my expression. He was excited.

Perhaps I should've told him to stop. It was just the two of us in the cab, racing into the dark. But I sat quietly in my seat. Letting him do whatever he wanted. Instead, I swallowed the images that emerged in my mind. His bulging stomach with skin soft and tender from being splashed with cold water as he'd said, and a sharp knife plunging deep into it.

He said, You know people can go on living for a while even with their guts spilling out. The scent of quinces smelled like blood.

"I wonder if she died right away," said the woman.

I thought it best to agree. "Probably."

"Really?"

"Didn't she?"

The woman then answered in a low voice, "How should I know?" Her voice sounded cold. Then she asked, "Do you think you would've covered her face?"

But she still didn't seem interested in my answer

"아가씨도 얼굴 덮어줬을 것 같아요?"

그러나 이번에도 내 대답을 궁금해하는 것 같지 않았다. 그녀가 이어서 중얼거렸던 것이다. 그게 다 죄책감 때문이라고. 일을 저지르고 속죄하는 마음으로 그 얼굴을 가려놓은 거라고. 어디선가 그런 이론을 들었다고 덧붙이는 여자의 목소리에는 신경질이 잔뜩 묻어 있었다. 그게 범인이 죄책감을 느꼈을 거라고 추측한 사람들을 향한 것인지, 아니면 정말로 죄책감을 느꼈을지 모를 범인을 향한 것인지는 알 수 없었다. 다만 어떤 확신은 느껴졌다. 무언가를 직접 보고 겪은 사람만이 전할 수 있는 기분.

나는 알아. 죽여본 적이 있거든.

죽은 고양이가 어떻게 생겼는지 다들 한참 떠들어댈 때, 그 애가 말했다.

왜 그런 말들만 먼저 떠오르는 건지 모르겠다.

남자애였고 선생님 말씀에 따르면 역시 문제가 많은 애였다. 그 애는 자신의 의견이 받아들여 지지 않으면 견디지 못했다. 폭력적으로 변했다. 책상을 뒤집었고, 욕을 했고, 아이들을 때렸다. 잔인하기도 했다. 거미를 잡아 다리와 몸통을 떼어낸 뒤 아이들 책상 위에 올려 놨다. 지렁이를 토막 낸 뒤 사물함에 넣었다. 아이들이

because she murmured to herself afterward. That it was all because of guilt. That the criminal had covered her face as a means of atonement. Her voice was laced with displeasure as she added that she'd heard about something like this before. I didn't know whether she was angry at the people who assumed that the criminal must have felt guilty or at the criminal who might have felt guilty. But I knew something for sure. Her displeasure was the kind of feeling that only someone who had personally seen and experienced something could give off.

I know. I've killed one.

That was what the kid said when everyone was talking about what a dead cat looked like.

I don't know why these are the kind of words that pop into my head first.

He was a boy and also a troublemaker according to the teacher. He lashed out when people didn't accept his opinions. He became violent. He flipped desks, cursed, and hit other kids. He was also cruel. He caught spiders, severed their limbs one by one, and placed them on other children's desks. He also cut worms into pieces and put them in other children's lockers. He'd emptied a container of thumbtacks in busy hallways.

A few days after the rumors began, the children

많이 오가는 복도에 압정을 쏟아놓았다.

소문이 돌기 시작한 후, 아이들은 학용품을 하나둘 모두 버렸다. 고양이 캐릭터 학용품을 쓰는 아이들은 비난을 받았다. 너 아직도 그걸 쓰지? 너 그런 게 좋아? 너도 살인자야. 살인자. 자주 싸움이 일어났다. 죽은 고양이를 본 적이 있다는 아이. 거짓말이라고 윽박지르는 아이. 아이들은 소문의 내용이 진짜인지 가짜인지보다는, 죽은 고양이가 어떻게 생겼는지에 더 관심이 많았다. 그때 그 애가 나섰다. 내가 해봤어. 이번에도 내가 고양이를 죽일 테니까 다들 구경해. 놀라운 일이었다. 이후 누구도 죽은 고양이 이야기를 꺼내지 않았으니까. 누구도 관심 두지 않았고 동참하지 않았다. 그 애는 꽤 상심했다. 정말로 보여주고 싶었는데. 다들 궁금해서 야단이었던 거 아니야? 그래서 보여준다는데 인제 와서 왜 이래? 모두에게 주목받고 싶었는데. 글렀던 것이다. 그렇다고 그만둘 생각은 없었다. 그 애는 진짜 할 생각이었다. 누군가 보기만 하면 되었다. 소문만 나면 되었다. 그래서 나였다.

기억나는 장면들은 별로 없다. 다만 목소리가 기억난다.

계속 보고 있어. 고개 돌리지 마. 시키는 대로 해.

지금까지 내가 한 짓들 다 네가 시켰다고 할 거야. 선

at my school began to replace their cartoon kitty stationery. Those who still used the stationery with the kitty character were condemned. You still use that? You like that? You're a murderer too then. Murderer. Fights often broke out. One kid said he'd seen a real dead cat. Another kid yelled at him, saying he was lying. Children were less interested in knowing whether the rumors were true and more interested in what a dead cat looked like. That was when he stepped up to the plate. I've done it. I'll kill another cat, so you should all come and see. What happened then was amazing. No one mentioned dead cats afterward. No one was interested, and so they didn't take him up on the offer. He was torn up about it. He really wanted to show everyone. Weren't you all curious? Wasn't that why you talked about it so much? That's why I said I'd show you, so why is everyone backing out now? He wanted attention, but his plan had failed. But that did not deter him from carrying out his plan. He was really going to do it. And he didn't need everyone to see him—just someone was all he needed. He only wanted there to be a rumor. So he chose me.

I didn't remember a lot of what I'd seen. I remembered his voice, though.

생님은 널 싫어하니까 믿을 거야.

고양이가 부르르 떨면서 죽어가는 모습이라고 소문 낸 사람이 너라고 말할 거야.

사실이잖아.

애들이 다 하나씩 갖고 있는데 넌 없으니까 그렇게 말한 거잖아.

그러니까 시키는 대로 해.

찔러.

너도 찌르라고. 쌍년아.

일이 끝난 후, 그 애는 운동장 구석 잘 보이는 곳에 고양이 사체를 전시하듯 놔뒀다. 그리고 자리를 떴다. 나는 떠나지 못했다. 차마 그럴 수 없었다. 내가 할 수 있는 일이 뭔가 있을 것 같았다. 나는 고양이 머리 앞에서 서성였다. 뭘 해야 할까. 뭘 해야 이 기분을 밀어낼 수 있을까. 그러다 주머니를 뒤적였는데, 아까 화장실에서 쓰고 남은 바람에 마구잡이로 넣어두었던 휴지 뭉치가 나왔다. 그제야 내가 뭘 해야 할지 알았다. 내가 왜 여기 남아 있었는지 깨달았다. 나는 휴지를 네모반듯하게 펴서 고양이의 얼굴을 덮었다. 휴지가 빨갛게 물들기 시작했다. 나는 그 광경을 가만히 내려다봤다. 마음이 고요했다. 누군가 뒤에서 내 목덜미를 거칠게 잡기 전까

Keep watching. Don't turn your head. Do as I say.

I'm gonna tell everyone that you made me do all the things that I did. Since our teacher hates you, she'll believe me. I'm going to tell everyone that you're the one who started the rumor about the kitty character looking like a dying cat.

It's true, isn't it?

You spread the rumor because you were the only one who didn't have any.

So do as I tell you.

Stab it.

You stab it too, bitch.

Afterward, he displayed the cat's corpse in a corner of the school grounds where people could easily spot it. Then he left. I couldn't leave. I didn't have the heart to leave. I thought there was something I could do. I paced near the cat's head. What should I do? What could I do to get rid of this feeling? I fumbled through my pockets and found a lump of tissues I'd pocketed earlier when I'd gone to the bathroom. That was when I knew what to do. I realized why I stayed behind. I unfolded the tissues and covered the cat's head. The tissues began to turn red. I stared down at it. My heart felt calm. At least until someone roughly grabbed me by the scruff of my neck. It was the teacher. Her

지는. 선생님이었다. 그녀가 내 옷깃을 꽉 움켜쥔 채 손을 떨었다.

"보기 싫어서 그런 거예요."

여자가 말했다. 나는 물었다.

"뭐가요?"

"얼굴요. 죽어서도 자기를 똑바로 바라보고 있으니 꼴 보기 싫었던 거죠."

"그걸 어떻게 아세요?"

이번에는 여자가 입을 다물었다. 생각해보니 어떻게 아느냐는 질문을 벌써 두 번째 했다. 여자는 답을 피하고 있었다. 차가 서서히 덜컹거리기 시작했다. 자갈이 많은 길 같았다. 맞는 길로 제대로 가고 있는 건지 알 수 없었다. 나는 이 동네를 잘 몰랐다. 어디에 뭐가 있는지, 어느 방향이 주현동과 가까운지 그래서 거의 다 왔다는 말을 어디쯤에서 할 수 있는 건지도 전혀 몰랐다. 여자는 여전히 조용했다. 나는 침을 삼켰다. 물었다.

"어떻게 아세요?"

백미러 속에서 여자와 다시 시선이 마주쳤다. 이제 여자는 웃고 있지 않았다.

"내가 봤으니까."

차가 또 한 번 커브를 돌았다. 어깨가 차창에 부딪혔

hand was shaking as she clutched my clothes.

"It's because he didn't want to see it," said the woman.

"See what?" I asked her.

"The face. She was looking straight into the criminal's eyes, and that must have been irritating."

"How do you know that?"

This time, the woman kept quiet. Come to think of it, this was the second time I asked her the same question. The woman was avoiding giving an answer. The car began to rattle down what seemed like a rocky road. I still couldn't tell if she was going the right way. I didn't know the neighborhood we were in. I had no idea what was where, which direction Juhyeon-dong was in, and so I didn't know at what point I could say that we were almost there. The woman was still quiet. I swallowed.

Then I asked her again, "How do you know?"

Our eyes met through the rearview mirror. The woman was no longer smiling.

"Because I saw it."

The car turned a corner once again. My shoulder bumped against the window. But it didn't hurt. Quickly I pushed my hand into my pocket. Only the feeling at the tip of my fingers felt real. I was squeezing my phone so hard that I was afraid it

다. 아프지 않았다. 급히 주머니 속으로 집어넣은 손끝에 와 닿는 어떤 촉감만이 뚜렷할 뿐이었다. 나는 핸드폰을 부서질 정도로 꽉 쥐고 있었다. 그 외 다른 물건들도 하나씩 차례대로 만졌다. 만일 내게 장난을 치고 싶어서 이러는 거라면. 일 년 동안 네 명의 여자들이 연달아 없어진 동네에 사는 내게 겁을 주며 즐기고 싶은 거라면 충분히 했다. 더는 이러지 않았으면 했다. 그런데 만일 장난이 아니라면? 소문에 따르면 여자들이 운전하는 택시는 괜찮다고 했다. 분명 그랬다. 그런데 왜. 그런 이야기가 굳이 나돌았을까. 소문에는 늘 진심이 숨어 있다. 그건 사실 가장 경계해야 하는 사람에 대한 이야기는 아니었을까. 의심스러운 사람에 대한 속삭임은 아니었을까. 내가 항상 뒷좌석 오른쪽에 앉는 이유는 기사의 옆얼굴이 잘 보이기 때문이었다. 연한 목덜미가 그대로 드러나 있기 때문이었다. 내가 마음만 먹으면 손을 뻗을 수 있는 곳에 있기 때문이었다. 나는 팔에 힘을 주었다. 어깨를 움직였다. 그때, 앞이 환해졌다. 주현동이었다. 불이 환히 켜진 아파트가 보였다.

여자가 말했다. "훨씬 빨리 왔죠?"

"그러네요."

나는 힘없이 대답했으나 여전히 주먹은 쥐고 있었다.

might break. And I touched other things that were in my pocket one by one. If she was just having fun with me, if she was just trying to entertain herself by scaring a woman who was living in a neighborhood where four women went missing over the course of a year, she'd done enough. I hoped that she'd stop. But what if it wasn't just a joke? According to the rumors, cabs driven by women were safe. That was what they said. But why? Why did that rumor begin? There is always a grain of truth behind rumors. What if it were a story about the people you needed to be wary of the most. A whisper about someone who was suspicious. The reason I always sat in the back behind the passenger seat was because I could see the drivers' faces better. Because their soft necks were exposed. Because they were in my reach. I tensed my arm muscles. I moved my shoulders. At that moment, it grew bright outside. It was Juhyeon-dong. Up ahead, I saw the brightly lit apartment building.

"Much faster, this way, right?" the woman asked.

"Yes," I answered feebly with my hand still rolled up into a fist.

Then the woman said, "I'll drop you off at the back entrance."

I was flustered. That was not where I'd asked her

57

여자가 또 말했다.

"후문에서 내려드릴게요."

나는 당황했다. 내가 말한 장소가 아니었다. 나는 정문에서 내려달라고 했다. 물론 여기서 후문이 가깝기는 했다. 그러나 나는 후문을 잘 이용하지 않았다. 불이 환히 켜진 정문에 비해 어둡고 으슥한 곳이었다. 사람이 많이 오가는 곳도 아니었다. 최근 사건 때문에 더더욱 인적이 드물었다. 무슨 일이 생긴다 해도 누군가 목격할 가능성이 거의 없었다. 나는 조심스럽게 말했다.

"정문으로 가주세요."

여자는 나를 힐끔 쳐다보기만 했다. 나는 기다렸다. 더는 아무 일도 일어나지 않기를, 그래서 이 차에서 무사히 내릴 수 있기를 바라면서. 이제 곧 갈림길이었다. 왼쪽이 정문 방향이었다.

차는 오른쪽으로 돌았다.

"저기요. 기사님."

목소리가 갈라져 나왔다. "정문에서 내려달라고 말씀드렸잖아요."

"아가씨. 내가 봤어요."

"뭘요."

대답하는데 갑자기 한기가 느껴졌다. 차창은 열려 있

to take me. I'd told her to go to the main entrance. It was closer to the rear entrance from the way we were going. But I didn't really use the back entrance. It was dark and quiet compared to the bright front entrance. Not a lot of people used the rear entrance, and it was even more deserted because of the recent incidents. If anything happened, there was little chance of anyone seeing it.

Cautiously I said, "Please take me to the front entrance."

The woman only glanced at me. I waited. Hoping that nothing else would happen and I would get out of the car safely. We were approaching a fork in the road. The front entrance was to the left.

The car turned right.

"Excuse me," my voice cracked. "I asked you to drop me off at the main entrance."

"Hey, I saw it."

"Saw what?"

As I answered, I felt a chill. The windows weren't open. Only then I noticed that the windows in the rear seat were locked. Stealthily, I brought my hand to the window button. I pressed it down. The window didn't open.

"Her eyes were open. Forcing the eyelids down didn't work. They didn't close. The body was al-

지 않았다. 그제야 나는 뒷좌석 창문이 모두 잠겨 있는 걸 발견했다. 버튼에 조용히 손을 가져갔다. 눌러보았다. 창문은 열리지 않았다.

"눈을 뜨고 있었어요. 손으로 눈꺼풀을 내려주는데 감기지 않는 거예요. 경직된 거죠."

여자는 지금 허세를 부리는 걸 수도 있었다. 참전하지 않은 전쟁 이야기를 하는 것처럼. 죽은 고양이의 생김새를 안다고 떠들어대는 것처럼. 그냥 이런 이야기를 좋아하는 사람일 수도 있었다. 누구나 환상이 있다. 조금씩은 그 환상을 실현하며 살아간다. 그 경계는 모호하고 흐릿해서 설사 넘어갔다 하더라도 자신조차 그걸 모를 수 있다. 그럴 수 있다.

"눈이 감기지 않아서 짜증이 난 거예요. 그래서 수건으로 덮어놓은 거죠. 그러면 안 보이니까."

"대체 뭘 보셨다는 거예요?"

여자가 눈썹을 치켜 올렸다. 나는 비아냥거리려던 것이 아니었다. 그저 궁금했을 뿐이다.

"제가 봤어요." 그녀가 대답했다.

나는 고개를 숙였다. 그녀가 계속 나를 응시하는 것이 느껴졌다. 더는 질문할 필요 없다는 생각이 들었다. 예상대로 여자가 천천히 자신의 말을 이어나갔다.

ready stiff."

She could've been bluffing. Like the other driver who blabbered on about a war he hadn't fought in. Like the kids who said they knew what a dead cat looked like. She could be one of those people who like to talk about these kind of things. Everyone had fantasies. And people partially lived in their fantasies. The line between fantasies and reality was blurry that sometimes people might not even realize that they'd crossed it. It was possible.

"Her eyes weren't closing, and that was annoying. That's why her eyes were covered with a towel. To avoid seeing them."

"What are you saying that you saw?"

The woman raised her eyebrows. I wasn't trying to taunt her. I was only curious.

"I saw it," she said.

I lowered my head. I felt her eyes still on me. I thought that I no longer needed to ask questions. As I'd expected, the woman went on.

"That woman. I saw the criminal covering the woman's face with a towel."

I could see the tips of my feet. They were neatly placed next to each other.

"She was left out in the open where it was bright so everyone could see her. I'm telling you. It's dan-

"그 여자요. 수건을 덮어주는 걸 봤어요."

내 발끝이 보였다. 가지런했다.

"다들 보라고 일부러 환한 곳에 눕혀놓은 거예요. 아가씨. 정문은 위험해요. 내 말 믿어요."

나는 작은 목소리로 대꾸했다. "경찰은 목격자 이야기 같은 거 안 했어요."

그리고 나는 여전히 시선을 아래에 두고서 말했다.

"정문으로 가주세요."

그녀가 한숨을 쉬었다. 경찰이 숨기고 있다고 했다. 일부러 공개하지 않은 거라고 했다. 범인을 만족시켜주고 싶지 않으니까. 주민들을 불안하게 하고 싶지 않으니까. 사람들이 알면 귀찮으니까. 주현동이 아니라면 진작 알려줬을 것이다. 조심하라고. 부주의하게 돌아다니지 말라고. 하지만 여기는 언제든 무슨 일이 생겨도 이상하지 않은 곳이었다. 누군가 한 명 더 사라져도 문제 될 것이 없는 곳이었다. 더 나빠질 것이 없는 곳이었다. 하지만 그러면 안 돼. 그러면 안 되지. 여자가 중얼거렸다.

"그래서 도와주려는 거예요. 내가 도와줄 수 있어요."

나는 소름이 끼쳤다. 죽은 여자의 눈꺼풀을 내려주는 손끝이 자꾸만 떠올랐다. 여자가 시야에서 사라지지 않

gerous to go to the front entrance. Trust me."

I replied in a small voice, "The police didn't mention anything about a witness." And still gazing at my feet, I said, "Take me to the front entrance."

She breathed a sigh. She said the police were keeping it a secret. They didn't release the information for a reason. Because they didn't want to give the criminal the satisfaction. Because they didn't want to scare the residents. Because it was bound to be troublesome if people found out. If it had been any other neighborhood, the police would have alerted the residents. So that they could be careful. So that they wouldn't wander around carelessly. But Juhyeon-dong was a place where it wasn't strange to have things happen at any time. One more missing person wouldn't be a big deal. It couldn't get any worse.

But no. That shouldn't be, the woman spoke quietly.

"So I'm trying to help. I can help."

I shuddered. The image of a hand brushing the dead woman's eyelids down kept on emerging in my head. The image of the woman remained vivid in my head. Why did the driver bring this up? Why did she tell me this? If she didn't want to go to the front entrance, she could've just said so politely.

았다. 왜 이 이야기를 꺼낸 걸까. 왜 말해준 걸까. 정문
으로 가고 싶지 않아서 이러는 거라면, 그냥 정중하게
말해주는 편이 좋았을 텐데. 흔한 핑계는 얼마든지 있
지 않은가. 차를 돌리기 어렵다거나. 본인에게 더 편한
길이라든가. 그냥 부탁했으면 나는 얼마든지 수긍했을
것이다. 혹시 여기서 내려드려도 될까요. 일이 있어서
요. 돌아가기가 복잡해요. 누워 있는 여자를 봤다는 말
을 할 필요는 없었을 텐데. 그건 너무도 불필요한 경험
담이었다. 알고 싶지 않은 소식이었다. 떠올리고 싶지
않은 장면이었다. 속이 울렁거렸다. 간신히 참아온 말
들이 입안에서 껄끄럽게 맴돌았다. 나는 마지막으로 부
탁했다. 정문으로 가달라고.

"이미 꽤 지났어요. 여기서 가려면 차를 돌려야 해요."

"처음부터 정문으로 가달라고 말씀드렸잖아요."

"아가씨, 거기 위험하다니까요. 경찰이 말하지 말라고
신신당부했는데, 내가 특별히 아가씨한테 말해준 거예
요."

"정문으로 가요."

"거의 다 왔어요."

"정문으로 가주세요."

"괜찮아요. 걱정 마세요."

There were all kinds of excuse she could've come up with, like It's difficult to make a turn. I'm more familiar with this street. If she'd simply asked, I would've agreed. Would it be okay if I drop you off here? I have to go somewhere. It's difficult to go around. She didn't need to mention that she'd seen the dead woman lying on the ground. That was such an unnecessary story. I didn't want to know about it. I didn't want to think about it. I felt nauseous. The words I'd barely suppressed circled awkwardly in my mouth. I asked her for the last time. To take me to the front entrance.

"We've already come this far. I'd have to turn the car around."

"I asked you to take me to the front from the beginning."

"I'm telling you, miss. It's dangerous. The police urged me not to tell anyone, but I'm telling you."

"Take me to the front entrance."

"It's okay. Don't worry."

"Go to the front entrance, bitch!"

Then I raised my head. I took my hands out of my pockets. The woman's eyes shifted quickly. This was Juhyeon-dong. A place where many women went missing but no women returned. At least that was how it was according to the rumors. The

"정문으로 가라고. 쌍년아."

그리고 나는 고개를 들었다. 주머니에서 손을 빼냈다. 여자의 시선이 빠르게 움직였다. 여기는 주현동이었다. 사라진 여자들은 많지만 돌아온 여자들은 없는 곳. 소문에 따르면 그랬다. 사라진 여자들은 원래 주현동을 떠날 계획이었다. 새로운 동네에서 새 인생을 시작할 생각이었다. 주현동을 떠나지 못하는 여자들이 화가 났다. 그래서 떠날 여자들을 찾아가 주현동에서 영원히 사라지게 만들었다. 나는 늘 궁금했다. 이 소문의 진심은 무엇일까. 답을 해준 사람은 아무도 없었다. 그저 지금 이 여자처럼 가늘게 손을 떨었을 뿐이다. 여기까지 오는 내내 수다스러웠던 이유는 저 떨리는 손을 감추고 싶어서였을까. 그러니까 내가 무서웠기 때문에, 나를 겁주고 싶었던 걸까.

그 사건 이후, 선생님은 나를 전학 보내려 했다.

따뜻한 우유와 쿠키가 내 앞에 놓여 있었다. 선생님은 나와 눈을 맞추며 따뜻한 목소리로 말했다. "너를 돕고 싶어서 그래. 네게는 기회가 필요해."

그때까지 그녀는 나를 그런 식으로 바라봐준 적이 없었다. 나는 예감했다. 내가 그녀의 말에 고개를 끄덕이기만 한다면 계속 나와 눈을 맞춰줄 거라고. 드디어 둘

women who disappeared had planned on leaving Juhyeon-dong. They were going to start new lives in new places. It angered the women who couldn't leave Juhyeon-dong. So they went to the women who were leaving and made them disappear forever. I'd always been curious. What was the true meaning behind this story? No one answered my question. Only their hands trembled slightly like this driver's. Did she talk the whole time to keep me from noticing her trembling hands? Was she trying to scare me because she was scared of me?

After the incident, the teacher tried to have me transferred to a different school.

There was a glass of warm milk and cookies before me. The teacher looked into my eyes and spoke in a warm voice, "I want to help you. You need a chance."

She'd never looked at me that way before. I knew it then. If I nodded and agreed with her, she would look into my eyes like that. We'd be finally alone.

That day, surrounded by the principal, vice principal, and people from the Department of Education, I kept on nodding. I agreed that I brought the cat and snapped its neck. When the teacher said that I threatened the boy with a knife and made him kick the cat, I said yes. She said that I forced

이 있게 되리라고.

　교장과 교감, 교육청 직원이 함께 있는 그 자리에서 나는 계속 고개를 끄덕였다. 내가 고양이를 잡아 왔고, 목뼈를 부러뜨렸다고. 그 남자애를 칼로 위협해서 발길질을 시켰다는 말에 그렇다고 대답했다. 그 전에 남자애가 한 다른 짓들도 다 내가 시킨 거라고 말했다. 고양이 사체 앞에 서 있는 나를 발견한 선생님이 목덜미를 잡아당기자, 웃으면서 허공에 칼을 휘둘렀다고도 했다. 그러다 하마터면 그녀의 목덜미에 칼을 꽂을 뻔했다는 말에도, 그렇다고 했다. 고개를 끄덕이는 내내 나는 그녀의 이야기에 등장하는 내 모습을 상상했다. 나와 전혀 닮지 않았지만, 그녀가 진짜 나라고 가리키는 그 아이를 물끄러미 바라보았다. 그러자 놀랍게도 그건 나의 진짜 환상이 되었다. 나를 바라보며 어른들은 끔찍하다는 표정을 지었다. 그들이 예사롭지 않은 눈짓을 주고받았다. 나는 귀를 기울였다. 뭔가, 내 생각과 다른 말들이 소곤소곤 들려왔다. 어쩔 수 없다. 감당할 수 없다. 지속적인 관찰, 교화, 상담. 목소리만 낮췄을 뿐이지 그들은 내가 자리에 없는 것처럼 굴었다. 나 같은 아이는 그런 말들을 들어도 상관없다고 여기는 것 같기도 했다. 이내, 전학이라는 단어가 들렸다. 선생님이 그 단어

the boy to make all the trouble he made even before the cat incident. She also said that when she found me and pulled me by the scruff of my neck, I'd slashed at the air with a knife, smiling, and nearly stabbed her in the neck. I said she was right. As I nodded at her words, I pictured the girl in her story. I merely stared at the girl who wasn't anything like me but the teacher said was the real me. And surprisingly she became my real fantasy. The adults wore horrified expressions as they looked at me. They exchanged meaningful glances. I listened closely. But the things they discussed quietly were completely different from what I'd expected. We can't help it. Can't take it anymore. Continued observation, change, counseling. They'd lowered their voices, but they acted as though I wasn't even there. It was like they thought it didn't matter for a child like me to hear those words. Then I heard the word "transfer." It was the teacher who said it. I can't teach her anymore. I can't. I watched the side of her face and her slender neck as she spoke desperately. I wanted her to turn around and look at me. I wanted to tell her that I could do what she wanted me to do, just like how I did then. But she was too far from me. And I had to make her look at me. I had do to whatever I could to make her look

를 말했다. 저는 더 못 가르쳐요. 못해요. 간절한 표정으로 말하는 선생님의 옆얼굴을, 가느다란 목덜미를 나는 바라보았다. 나를 돌아봐 주었으면 했다. 내가 지금 그녀가 원하는 걸 했으니, 앞으로도 그럴 수 있다고 말하고 싶었다. 그러나 그녀는 너무 멀리 있었다. 그녀가 나를 돌아보게 해야 했다. 무엇이든 해야 했다. 나는 울음을 터뜨렸다.

"선생님 때문에 그런 거예요. 선생님이랑 이야기하고 싶어서 그런 거예요."

그녀의 얼굴빛이 변했다. 어른들의 시선이 내게서 그녀에게로 옮겨 갔다. 의문과 질책이 담긴 눈빛들이 그녀를 에워쌌다. 그녀가 사람들을 빠르게 관찰하는 것이 보였다. 그렇게 놀란 모습은 처음 보았다. 늘 엄격하고 빈틈없는 모습만 보이던 사람이었다. 나는 미안했지만, 한번 터져 나오기 시작한 울음은 쉽게 멈추지 않았다. 차에 치인 고양이를 들고 왔어요. 칼로 찌르는 시늉만 한 거예요. 선생님이 걱정해주는 게 좋아서 그랬어요. 잘못했어요. 어른들의 한숨 소리가 들렸다. 선생님이 내 옆으로 다가왔다. 나를 내려다봤다. 하지만 어떻게 해야 할지는 모르는 것 같았다. 나를 믿어야 할지 말지 고민하는 것 같았다. 그래서 내가 먼저 손을 내밀었다.

at me. I burst into tears.

"It was because of the teacher. I did it because I wanted to talk to her."

Colors drained from her face. The adults turned their gazes from me to the teacher. Eyes full of questions and reproach surrounded her. I noticed her quickly scanning the people. It was the first time I'd seen her so surprised. She'd always been strict and flawless. I felt sorry but once the tears started flowing it was difficult to stop them. I brought a cat that was hurt in a car accident. I only pretended to stab the cat. I only did it because I wanted the teacher to worry about me. I'm sorry. I heard the sounds of adults sighing. The teacher approached me. She looked down at me. But it seemed as though she wasn't sure what to do. She was trying to decide whether to trust me or not. So I reached out to her first. I gripped her wrists with my two hands. Other people were watching. She didn't shake me off. But she trembled, like a dying cat. Or like a small lung, stabbed with a knife and bleeding. I put my arms around her. I felt the warmth of a living person, and it made me feel alive as well. I wanted to stay that way as long as I possible. But at that moment, something faded.

I mean, was this the real me or the fantasy me?

양손으로 그녀의 팔목을 세게 잡았다. 사람들이 지켜보고 있었다. 그녀는 나를 뿌리치지 않았다. 그러나 떨었다. 죽어가는 고양이처럼, 칼에 찔려 피를 흘리는 작은 허파처럼. 나는 그녀를 끌어안았다. 살아 있는 사람의 온기가 느껴졌고, 그러자 나도 함께 살아 있는 것 같았다. 내가 원하는 만큼 아주 오래도록 그렇게 있고 싶었다. 바로 그 순간, 무언가 희미해졌다.

그러니까, 이건 나 자신일까. 아니면 환상 속의 나인 걸까.

그러나 무언가를 알아채기도 전에, 이미 나는 그녀의 귓가를 향해 고개를 돌렸고 아주 작은 목소리로 천천히 속삭이고 있었다.

"서우는 지금 어디 있어요?"

택시가 서서히 속력을 줄였다. 후문이 보였다.

But even before noticing anything, I'd turned to her and was quietly and slowly whispering, "Where is Seo-u now?"

The cab began to slow down. I could see the rear entrance of the building.

창작노트
Writer's Note

k

제목을 여러 번 바꿨다. 소설의 전개만큼이나 모두 마음에 들지 않았기 때문이다. 서우가 등장하는 장면을 쓰고서도 그랬다. 그 장면이 의미 있으리라는 생각은 했지만, 주인공에게 구체적으로 어떤 영향력을 갖게 될지는 확신하지는 못했다. 그걸 알기 위해 처음부터 그 장면까지 여러 번 고쳐 썼다. 끝내 알지 못했고, 어쩔 수 없이 다음 장면을 써나갔다. 비슷한 과정이 반복됐다. 그런데 사실 이건, 내가 소설을 쓸 때 늘 겪는 일이다. 절반 이상을 쓰고도 나는 아는 것이 별로 없다. 내가 아는 것은 인물의 불확실한 감정과 무표정한 얼굴, 그리고 조각난 기억들이다. 나는 그것들을 가능한 한 꿰어

I changed the title a number of times. I didn't like it just as I didn't like anything about the way the story was unfolding. Even after I wrote the scene where Seo-u appeared in the story. I knew that it would be a meaningful scene, but I wasn't sure what kind of effect it would have on the main character. To figure that out, I rewrote the story several times up to that point. But I never figured it out, and I moved on to the next scene. Then I re-peated the process several times. This, actually, is something I find myself doing every time I write. I don't usually know much about the story even after writing more than half of it. What I know are the uncertain emotions of the characters, their impas-

맞추려 애쓰지만, 결코 쉽지 않다. 그러다 나는 무언가를 가까스로 낚아챌 때가 있는데, 그것은 나만큼이나 불안한 나의 인물이 내뱉는 어떤 목소리다. 이쪽으로 가주세요. 여기가 아니에요. 제발요. 제가 아니에요. 그런데, 지금 서우는 어디 있어요? 그 순간, 나는 여전히 아무것도 알지 못했다. 나의 주인공이 왜 이러는지, 왜 이런 불안으로 앞을 바라보는지, 무엇을 숨기고 있는지. 그러나 그 목소리 덕분에 단 한 가지만은 추측할 수 있었다. 그녀가 서우라는 이름을 줄곧 기억하며 살아왔다는 것, 그것이 모든 일이 시작이자 끝일 수도 있다는 것. 그렇게 나는 제목을 완성할 수 있었다.

sive faces, and fragments of memories. I try to cobble them together as best as possible, but it is not an easy task. However, there are times when I catch something barely by a thread—the voice of my character, who is as uncertain as I am. *Go this way. Not here. Please. This isn't me. Where is Seo-u now?* At that moment, I still didn't know anything. I didn't know why my main character was acting this way; why she was facing forward with such anxiety; what she was hiding. But I was able to deduce one thing thanks to that voice. It was that she constantly recalled the name Seo-u throughout her life, and that it could be the beginning or the end of everything. And so I completed the title of this story.

해설
Commentary

'즐거운 살인'과 '여성스릴러'의
정치적 가능성

오혜진 (문화연구자)

여성혐오 시대의 도시 괴담

누구나 한 번쯤 도시와 관련된 기이한 이야기들을 들어봤을 것이다. 비 오는 날 폐건물에 출현한다는 정체 모를 사람의 그림자, 새벽이면 위치가 바뀌어 있다는 초등학교의 위인 동상들, 이십여 년 전 백화점이 무너져버린 자리에서 느닷없이 발견됐다는 카트……. 이처럼 도시를 배경으로 확인되지 않은 사실들을 직조해, 듣는 이의 불안과 공포를 자극하는 이야기들을 '도시 괴담'이라고 부른다. 하지만 '괴담'이 누구에게나 똑같이 '괴담'인 것은 아니다. '괴담'은 그 이야기를 괴기스러운 것으로, 즉 듣는 이 자신의 안위와 직결된 것으로 상상

The Political Possibility of "Delightful Murders" and "Women's Thrillers"

Oh Hyejin (Cultural critic)

Urban legends in the era of misogyny

Everyone has heard strange stories about things that happen in cities. A silhouette of a mysterious man that appears in an abandoned building on rainy days; busts of historical figures in an elementary school changing places overnight; a cart that was discovered in the place where a department store was located 20 years ago. These stories with little or no supporting evidence, which are set in cities and circulated to arouse fear and anxiety in the listeners are called "urban legends." However, these urban legends are not always scary to everyone. They only instill fear in "vulnerable" listeners who consider them to be eerie—or, in other words,

83

할 수 있는 '취약한' 청취자에게만 '괴담'이다.

그런 의미에서 아주 오래전부터 한국 여성대중에게 공공연하게 공유되는 괴담들이 있다. "혼자 사는 여성에게 쿠폰을 확인하겠다며 계속해서 문을 열어달라고 했다는 배달원, 수리를 위해 비밀번호를 알려줬더니 몰카를 설치했다는 집주인, 택배를 가장해 여성을 성폭행하려던 남자, 혼자 사는 여자가 퇴근 후 집에 돌아갔더니 세탁기 위에 '외로우면 만나자'는 쪽지가 남겨져 있었다는 이야기"[1]들. 하나같이 '여성'을 주된 피해자로 상정하는 이 이야기들은 현재 한국 사회에서 '여성'이라는 존재 조건 자체가 공포 서사의 유력한 화소일 수 있음을 보여준다. 2016년 강남역 여성혐오 살인 사건으로 촉발된 여성들의 봉기는, 이 거대한 괴담의 세계에 실은 여성이 도시에 거주하며 겪은 수많은 체험적 진실과 공통감각이 기입돼 있다는 점을 웅변적으로 증빙했다.

소설 「서우」가 천연덕스럽게 초장부터 여자 네 명을 죽이고 시작할 수 있는 것도 이 때문이다. 여성을 대상으로 한 절도 폭력 강간 살인 사건이 하루에도 몇십

1) 「날 지켜보던 그는, 나의 공포를 알고 있었다」, 《한겨레》, 2017. 8. 12.

people whose imaginations tell them that these stories are directly related to their well-being.

In this context, there are several urban legends that circulate among Korean women for a long time. Stories about a delivery person who repeatedly requested a woman living alone to open the door because he wanted to check the coupons; a woman who gave her entrance door passcode to her landlord for repairs and then found hidden cameras installed in her apartment; a man who pretended to be a delivery person going into a woman's apartment and raping her; a woman living alone who returned home to find a note on the washing machine that read, "Let's get together if you're lonely."[1] These stories, all postulating women as victims, demonstrate that being a "woman" in Korean society today can be a powerful element in scary stories. A women's movement, incited by the misogynistic killing of a woman at Gangnam Station in 2016, proved that this vast world of urban legends is infused with the numerous experiences and feelings shared by women living in cities.

The short story "Seo-u" begins with four dead women. In South Korea, where many women are

1) "The man who was watching me knew my fear," Hankyoreh, August 12, 2017.

건씩 일어나는 이 나라에서 '늦은 밤, 혼자 택시를 탄 여성'이라는 단순한 설정은 이미 한 편의 스릴러 소설의 기본 얼개가 되기에 충분하다. 대부분의 여성독자들은 심야택시 탑승의 공포를 잘 알고 있고, 그런 상황에 대비하기 위한 매뉴얼 또한 공유하고 있기 때문이다.

등단 이후 줄곧 '여성스릴러'라는 양식을 실험 중인 강화길은 한국 여성대중이 공유하는 불안과 공포의 성격을 가장 잘 이해하고 있는 작가이자, 동시에 그것에 기댄 온갖 종류의 이야기들을 가장 날카롭게 심문에 부치는 작가다. 단편 「괜찮은 사람」(2015), 「호수—다른 사람」(2016), 「니꼴라 유치원—귀한 사람」(2016), 그리고 장편 『다른 사람』(2017)에까지 이르는 일련의 '사람' 연작에서 그가 천착한 것은, 여성에 대한 소문과 평판들, 그리고 그 이야기들로 인해 '피해자' '희생자' '걸레' '백치' '마녀' '거짓말쟁이' 등과 같은 전형적인 이미지로 고정 소비돼온 여성인물들이 시도하는 반역과 복수다.

소문의 소문의 소문

「서우」는 어떨까. 도입부터 여성독자에게 매우 익숙한 심야 택시 공포를 능숙하게 소환해내는 이 작품은

robbed, beaten, raped, and killed every day, the simple idea of a "woman taking a cab alone late at night" is enough to be the basis of a thriller. It is because most women readers know about the fear of taking a cab late at night and also share knowledge about handling themselves in such situations.

Kang Hwa-gil, who has been experimenting with "women's thrillers" since she made her literary debut, is a writer who best understands the characteristics of the anxiety and fear shared by Korean women. At the same time, she is also a writer who asks sharp questions about various stories with plots that rely on women's anxiety and fear. In her "Person" series, starting with the short stories "A Decent Person" (2015), "Lake—Another Person" (2016), "Nikola Kindergarten—a Precious Person" (2016) to the novel Another Person (2017), she delves into various rumors about women and women's reputations, as well as the rebellion and revenge of women who have been stereotyped and consumed in the traditional images of "prey," "victim," "slut," "idiot," "witch," and "liar."

Rumors of rumors or rumors

What kind of story is "Seo-u," then? From the very beginning, it summons the fear of taking a cab

이내 '잠재적 가해자로서의 남성택시 운전사' 대 '잠재적 피해자로서의 여성승객'이라는 전형적인 구도를 슬쩍 뒤집는다. 남성택시 운전사들이 주현동 여성승객 실종 사건의 유력한 용의자로 거론되자, 작중 '아가씨'로 지칭되는 '나'는 영리하게도 여성운전사가 운행하는 택시에 탑승한다. 이는 "여자는 아무것도 모르니까" 남성들이 도모하는 '인신매매' 같은 범죄사업에 연루될 리 없다는 '소문'에 따른 것이었다. 물론 여기에는 여성이 '대담하고 잔혹한' 범죄의 주체일 리 없고 그래서도 안 된다는, 여성(성)에 대한 강력한 전통적 규범과 사회적 기대가 투영돼 있다.

그래서일까. 여자운전사는 자신의 욕망이 과소평가된 것에 이의라도 제기하듯, 곧바로 '나'에게 '범죄자'로서의 수상한 모습을 드러낸다. '나'의 신상을 캐고, 시체와 살인현장에 대해 확신을 갖고 말하는 여자운전수의 화법은 '나'가 경험한 남성운전사들의 그것과 꼭 닮았다. 그러고 보니, 그녀의 목덜미에는 지우다 만 괴기스런 문신이 남아 있고 안내글에 적힌 택시번호도 '나'가 기억한 것과 다르다. 무엇보다 여성운전사는 '나'의 애초 목적지인 아파트 정문으로 가지 않고 자꾸만 후문으

late at night, familiar to many women readers. Then, it furtively turns around the stereotypical composition of a "male cab driver as a potential assailant" and a "female passenger as a potential victim." When male cab drivers become key suspects in the missing women cases in Juhyeon-dong, the first person narrator, a young woman, smartly decides to take a cab driven by a woman. She does so based on the rumor that women didn't know anything and therefore would not be a part of a criminal enterprise like human trafficking that men are involved in. Her view reflects the strong traditional norms and social expectation of women (femininity) that women cannot and should not be actors in "bold and brutal" crimes.

Perhaps to challenge this norm and social expectation, the woman driver immediately reveals her suspicious side as a potential assailant. The way she asks about the narrator's personal life and talks with conviction about the corpse and the murder scene is similar to the way men drivers had talked to the narrator in the past. Come to think of it, she has a grotesque tattoo on her neck only partially removed, and the cab's license plate number is different from what the narrator remembered. On top of all this, the woman driver obstinately heads to

로 가고 있다.

그러나 「서우」의 목적은 '여성도 가해자가 될 수 있다'라는 당연한 메시지를 전하는 데 있지 않다. 소설은 또 한 번의 전치를 시도한다. 이제 수상한 여자운전사보다 더 수상한 것은 '나'의 머릿속에서 펼쳐지는 상념들이다. '나'는 여자운전사의 말투에서 초등학교 시절 선생님을 떠올린다. '나'를 포함해 주현동 아이들을 '문제 있는' 애들로 취급한 선생님의 총애를 원했던 '나'는 선생님의 여덟 살짜리 딸 '서우'를 데려오라는 심부름을 떠맡는다. 하지만 서우는 '나'에게 협조적이지 않았고, (어쩌면) '실수'로 '나'는 계단에서 서우의 손을 놓친다.

이 광경을 목격한 선생님은 '나'의 운명을 어떻게 바꿨을까. '선입견'에서 벗어나는 일의 요원함을 깨달은 '나'는 이후, 자신의 감정을 드러내지 않고 남의 감정도 이해하지 않겠다고 다짐한다. 불가피하게 생긴 감정들은 '오물통'에 버렸다가, "통이 가득 찼다 싶으면 뒤집어 비"우는 것이 '나'가 감정을 처리하는 방식이 된다.

이를테면 이런 일이 있었다. 역시 '문제'가 많던 한 남자애는 친구들의 주목을 끌고자, 진짜 고양이를 죽여서 '죽어가며 몸을 부르르 떠는 형상'이라는 '소문' 속 고양

the rear entrance of the apartment building rather than to the front, as the narrator requested.

The purpose of "Seo-u," however, is not to send the obvious message that women can also be assailants. Another story is transposed onto the plot. What is more suspicious than the suspicious woman driver is the narrator's imagination. The woman cab driver's way of talking reminds the narrator of a teacher from her elementary school. The narrator is transported back to her childhood, when she'd longed for affection from her teacher, who treated the narrator and other children from Juhyeon-dong as "problem children." She specifically recalls the time when she was tasked with bringing Seo-u, the teacher's eight-year-old daughter, to the teacher. In the narrator's memory, Seo-u isn't cooperative, and "by accident," the narrator loses her grasp on Seo-u's hand on the staircase.

How did the teacher, who witnessed this situation, change the narrator's fate? Realizing the difficulty of breaking away from "prejudice," the narrator promises to herself that she will never reveal her true feelings and never try to understand other people's feelings. She handles her emotions by dumping them in a slop bucket and emptying them when the bucket becomes full.

이 캐릭터의 모습을 시연한다. 남자애가 그 모든 책임을 '나'에게 전가할 수 있었던 것은, 그 소문의 출처가 '나'라고 알고 있으며 '나'가 고양이를 죽일 만한 인물이라고 '소문' 나 있기 때문이다. 남자애의 예언대로, 고양이 사체에 휴지 조각을 덮어주는 '나'를 목격한 선생님은 '나'의 '전학'을 추진한다.

소설의 기획이 전모를 드러내는 순간은 이때다. '나'는 자신의 범행이 선생님의 관심을 얻기 위한 것이었다며 선생님을 끌어안고는 '순진하고 무해한 어린아이'를 연기한다. '나'가 갖지 못한 고양이 캐릭터, 서우가 만든 고양이 콜라주, 어린 '나'가 끌어안은 선생님의 떨리는 몸, 여자운전수의 고양이 모양 문신이 오버랩되고, '나'에게 고양이 살해를 종용한 남자애의 "너도 찌르라고, 쌍년아."라는 말과 여자 운전사에게 "정문으로 가라고, 쌍년아."라고 내뱉는 '나'의 말이 겹쳐진다. "주현동을 떠나지 못하는 여자들을 찾아가 주현동에서 영원히 사라지게" 만든 것은 '문제 많은' '주현동' 아이라고 낙인찍힌 '나'다. 그리고 이제 택시 뒷자리에 앉은 '나'는 또 한 번 '오물통'을 비워낼 참이다.

The narrator recalls another incident, when a "problematic" boy in her class tries to attract his classmates' attention by killing a cat to demonstrate the then-popular kitty character, which was rumored to have been created in the image of a dying, trembling cat. Yet, the boy is able to shift all the blame on the narrator because people believed the rumor originated from the narrator and the narrator was "rumored" to be the kind of child who would kill a cat. And just as the boy predicted, when the teacher witnesses the narrator covering the dead cat with tissues, she tries to get the narrator transferred to a different school.

Then the short story reveals the entire picture. The narrator hugs the teacher and acts the part of an innocent and naive child, saying that she only did what she did to earn her teacher's attention. The images of the kitty character that the narrator does not have, the collage of the cat that Seo-u made, the teacher's trembling body that the young narrator hugs, and the cat-shaped tattoo on the woman driver's neck all overlap, while the boy's words to the narrator—"You stab it, too, bitch"—urging her to stab the cat and the narrator's words —"Go to the front entrance, bitch"—also overlap. The person who made all the women who couldn't

'여자 사이코패스'는 가능한가

그러니까 모든 건 '소문' 때문이었다. 대상에 대한 편견, 사회적 규범, 이기적인 희망, 헛된 기대 등을 모조리 실어 나르는 '소문'은, 그 모호성에도 불구하고 때때로 강력한 힘을 발휘한다. 특히 그것이 미지의 대상에 대한 유일한 정보일 때, 그것은 의지할 수 있는 유력한 사회적 지침이자 각본으로 간주된다. 이 소설이 어쩌면 범인일지 모를 여성운전사의 신원을 탐문하는 과정에서 자꾸 '나'가 접한 소문의 내용을 개입시키는 것은 소문이 지닌 결정론적 힘을 실험해보기 위해서다.

특히 그 자신이 소문의 대상이면서 또 다른 소문의 진원지이자 유포자로 설정된 '나'는, 바로 그렇기 때문에 '신뢰할 수 없는 서술자'라는 흥미로운 지위를 획득한다. 소문은 소설에서 여성승객 실종사건의 범인을 밝혀내려는 탐정이자, 그의 잠재적 피해자 또는 가해자인 '나'가 사건을 교란하기 위해 동원하는 주요한 서사적 자원이다.

소설은 '나'가 서우와 주현동 여성승객들, 그리고 여성운전사까지 살해했거나 살해할 유력한 용의자임을 암시하면서, '나'가 왜 이런 끔찍한 사건들을 저지르는 사

leave Juhyeon-dong disappear is the narrator, stigmatized as a problem child from Juhyeon-dong. And sitting in the rear seat of a cab, she is about to empty the bucket once more.

Can a woman psychopath exist?

Everything began with "rumors." Rumors that perpetuate prejudices, social norms, selfish desires, and false hopes sometimes unleash tremendous power despite their ambiguous nature. Particularly when they are the only kind of information available about something that is unknown, rumors are considered a social guideline and script on which people can rely. The reason this story continues to insert rumors that the narrator has heard into the process of investigating the identity of the woman driver who could be a suspect is to test the deterministic power that rumors have.

The narrator, who is the subject of the rumor, as well as the source and perpetrator, therefore, gains the interesting status of an "unreliable narrator." Rumors are an engaging narrative source that the narrator—an investigator trying to find the criminal involved in the missing women case, and a potential victim or assailant—uses to befuddle the readers.

The story insinuates that the narrator is a prime

이코패스가 됐겠냐고 넌지시 묻는 듯하다. 작중 '여성'으로 간주되는 '나'가 서로 연관성 없어 보이는 살인사건들의 범인일 수 있다는 점은 "아무것도 모르는" 것으로 간주되는 여성에 대한 사회적 통념을 정확하게 배반한다는 점에서 어쩌면 이 소설이 시도한, 가부장제적 질서에 대한 첫 번째 반역일지도 모른다. 그리고 이는 전형화된 가해자와 피해자의 상으로 수렴되지 않는다는 점에서 성 역할과 권력 관계에 대한 사회적 각본의 힘을 상대화하려는 페미니즘의 기획에 조응하는 것이기도 하다.

다른 한편, '나'가 자신과 타인의 감정에 무감한 사이코패스, 혹은 괴물 같은 병리적 존재가 된 과정에 초점을 맞춘다면, 이 소설은 '주현동이라는 가난한 동네에 사는 여성'에 대한 성적 계급적 선입견과 낙인으로 인해 비뚤어진 '나'의 서사로 읽힐 수 있으며, 이때 '나'는 '소문'이라는 형식의 구조화된 사회적 폭력의 피해자다. 이 독해에 따를 때, '나'가 더 대담하고 끔찍한 살해를 저지를수록 '나'는 가부장적 질서를 위반하는 영웅이기는커녕 이 사회가 한 개인에게 가한 인식론적 폭력의 결과를 극단적으로 보여주는 사례로서 전시된다.

suspect who killed Seo-u and the women who took taxis to Juhyeon-dong and might kill the woman driver. In doing so, it seems to ask why the narrator became a cold-blooded psychopath who commits terrible crimes. The fact that the narrator, who is assumed to be a woman, could be the killer of these seemingly unrelated women might be the first rebellion this short story attempts, in that it starkly betrays the social convention about women "who don't know anything." And the fact that she and her victim do not fall perfectly into the typical assailant and victim is in line with the feminist agenda to relativize the power of social norms about gender roles and power relations.

On the other hand, if we focus on the process in which the narrator came to lead a pathological existence like a monster or a psychopath, insensitive to her own and other people's feelings, this short story could be read as a narrative of the first-person narrator who grew wrong-headed due to gender and class biases toward a "woman who lives in a poor neighborhood called Juhyeon-dong," and the narrator is the victim of structuralized social violence of "rumors." According to this interpretation, when the narrator commits bold and brutal murders, she becomes less a hero who vio-

그렇다면 생각해보자. 숱한 억압과 차별을 경험해온 사회적 약자가 자신에 대한 거대한 통념에 맞서 그것의 전복을 시도하는 일조차, 그가 이 사회의 구조로 인해 배태된 병리적이고 이물적인 존재가 됨으로써만 가능하다는 사실은 무엇을 뜻할까.

어쩌면 이 소설은 '도시 하층계급에 속한 여성'이라는 존재 조건 자체가 사회적 낙인의 대상이자 괴담의 화소가 되는 사회에서라면, 그녀는 결코 근본적인 의미에서의 사이코패스, 즉 세계를 선과 악으로 이분화함으로써 성립하는 스릴러의 세계에서 '순정한 악'조차 될 수 없음을 의미심장하게 보여주는 것 같다. (가난한) 여성을 혐오하는 사회에서 잔혹한 범죄를 저지르는 그녀의 신체와 정신은 이미 그녀가 맞서고자 하는 가부장적 질서에 대한 페티시로만 이해되기 때문이다. 그리고 이것이 바로 우리가 돌파해야 하는 '여성스릴러'의 딜레마일지도 모른다.

물신화된 죽음과 '즐거운 살인'

그렇다면 이 소설은 현재 여성서사를 가능케 할 유력한 양식으로 선호되고 있는 '여성스릴러'의 임계를 지혜

lates the order of patriarchal society, and instead an extreme example of epistemic violence the society inflicted on an individual.

Then what does it mean for the socially disadvantaged person who frequently has experienced oppression and discrimination to try overturning the colossal prejudices against her by leading a pathological and alien existence born of the social structure?

This short story seems to demonstrate how in a society where the conditions of being a "woman of the urban lower class" itself is a stigma and an element of urban myths, she cannot even become a psychopath in its true sense--"pure evil"--in the world of thrillers, in which the world is dichotomized into good and evil. It is because the body and the mind of a woman who commits brutal crimes in a society where (poor) women are abhorred can only be understood as a fetish of the patriarchal order she wishes to confront. And this could be the dilemma of women's thrillers that we need to break through.

Reified death and "delightful murder"

Then, can this short story wisely break through the threshold of women's thrillers, which is an im-

롭게 돌파할 수 있을까. 영화 〈나를 찾아줘〉(2014), 〈비밀은 없다〉(2015), 〈아가씨〉(2016), 그리고 사라 워터스의 소설들까지 최근 추리물의 문법을 동반한 여성스릴러 서사가 이채로운 미학과 쾌감을 선사하면서 비평가들은 페미니즘의 서사 기획으로서 여성스릴러 양식이 지닌 정치적 가능성에 주목하기 시작했다. 기존 스릴러의 세계에서 범죄를 주도적으로 기획하고 실행하는 주체가 대부분 남성이었다는 점을 고려한다면, 범인/탐정의 성별을 모호하게 하거나 혹은 기존 범죄 구도의 성별을 전도하는 것만으로도 일정한 서사적 긴장과 반전의 효과를 획득할 수 있다는 게 이 장르의 장점이다. 물론 이는 이성애 중심적 성별 규범이 한국의 대중적 상상력을 얼마나 공고하게 장악하고 있었는지를 역설적으로 증명하는 것이기도 하다.

하지만 서사가 전달하는 메시지와 인물 설정, 사건의 내용 못지않게 '형식의 페미니즘'을 강조한 영화평론가 남다은의 통찰[2]을 빌려본다면, 여성스릴러 양식에서 가부장적 질서에 대한 교란과 전복을 감행하려는 정치

2) 남다은, 「여성영화는 아직 도착하지 않았다—〈아가씨〉와 〈비밀은 없다〉를 보고」, 『문학동네』 88, 2016년 가을.

portant form that would enable women's narratives? The narratives of women's thrillers and mysteries in recent years represented by films such as Gone Girl (2014), The Truth Beneath (2015), and The Handmaiden (2016), as well as Sarah Waters' novels began to present colorful aesthetics and pleasures, and critics began to focus on the political potential of women's thrillers to further the feminist narrative. Considering that the characters who planned and acted on crimes in existing thrillers were mostly men, women's thrillers have an advantage of creating tension and twists by obscuring the gender of the criminal or the investigator or by reversing the gender roles in conventional murder mysteries. Of course, this paradoxically attests to the strong domination of heterosexual-centric gender norms in our society.

However, according to the insights of Nam Da-eun, a film critic who emphasizes the "feminism of form" as much as the message, characters, and events contained in a narrative, the political intention in women's thrillers to disturb and overthrow the patriarchal order often clashes or competes with the rules that are necessary to achieve the pleasure expected in the thriller genre.

For instance, Nam Da-eun argues that in the film

적 의지는 자주 '스릴러'라는 양식의 장르적 쾌감을 달성하려는 법칙들과 충돌하거나 경합한다.

예컨대 남다은은 영화 〈비밀은 없다〉에서 '연홍'은 남편이 딸을 죽였기 때문에 그에게 복수하는 것이 아니라, 가부장제의 화신으로 설정된 남편에게 복수할 명분을 확보하기 위해 남편으로 하여금 무지 속에서 딸을 죽이도록 방기했다고 분석한다. 즉 이 영화의 결론이 위선과 기만으로 점철된 가부장제의 상징인 남편에 대한 연홍의 통쾌한 복수로 끝난다고 해도, 이 복수와 처벌의 온당함이 딸에 대한 영화적 살해, 즉 딸의 죽음을 도구화했다는 사실을 정당화할 수는 없다는 것이다.

유사한 종류의 질문을 「서우」에 던져보면 어떨까. 소설은 '나'를 자신과 타인의 감정에 무감한 사이코패스가 되도록 주조한 소문과 사회적 낙인을 재현하기 위해 다양한 유년 시절 일화를 삽입한다. 특히 그 일화에 등장하는 선생님은 어떤 그럴 만한 사연도 없이 애초부터 "한 아이를 망신주고 괴롭히면 다른 아이들은 겁을 먹는다"는 점을 이용하는 여자로 설정돼 있다. 처음부터 '나'를 '문제 많은' '주현동' 아이로 취급했던 그녀는 '나'가 서우의 손을 놓친 사례, 고양이를 살해한 (것으로 간주되

The Truth Beneath the main character, Yeon-hong is not taking revenge against her husband for killing their daughter but instead left her husband to kill their daughter in ignorance in order to provide justification for taking revenge against her husband, who is the incarnation of patriarchy. In other words, even though the film ends with Yeon-hong's gratifying revenge against her husband, who is symbolic of the patriarchy rift with hypocrisy and deception, her revenge and punishment, no matter how appropriate, cannot justify the cinematic murder of their daughter, using the daughter's death as a tool.

We could ask a similar question about "Seo-u." The story inserts various anecdotes from the narrator's past to reproduce the rumors and social stigma that turned the narrator into a psychopath who has no emotions or empathy for other people's emotions. And the teacher who appears in the anecdotes is a woman who manipulates children by shaming and picking on one child to scare other children without a particular reason. Treating the young narrator as a problematic child from Juhyeon-dong, she witnesses the narrator accidentally letting go of Seo-u's hand and believes to have witnessed the (purported) murder of a cat, and

는) 현장을 목격했다고 믿음으로써 '나'를 영원한 오인과 편견, 낙인의 굴레 속에 살도록 방기한다. 그래서 '나'가 선생님에 대한 복수로써 선택한 일이 무엇이었는지는 소설의 마지막 장면에서 드러난다. "서우는 지금 어디 있어요?"

소설에서 서우는 서우를 데려오라는 선생님의 심부름을 '나'가 성공적으로 완수할 수 없도록 은근히 방해한다. 그러나 그것이 의도적지 아닌지는 알 수 없다. 오히려 서우가 이 서사에서 맡은 핵심적인 역할은 전후에 배치된 '고양이 문신'과 '고양이 살해사건'의 복선이 될 만한 '고양이 콜라주'를 소장하고 있는 것이다. 그 불길하고 음험한 고양이 콜라주를 가지고 있었고 '나'에게 퉁명스러웠다는 이유로, 서우는 서사 종국에 '나'가 연기하는 '요망한 어린아이'의 형상과 오버랩된다. 결국 서우는 '순진해 보이지만 사실은 요망하기 짝이 없는 어린아이'라는 비전형적인 가해자의 그로테스크한 면모를 효과적으로 각인시키는 데 도구적으로 쓰였을 뿐이다. 사정이 이러하다면, 선생님에 대한 복수로써 서우의 죽음을 암시하는 이 소설의 서사적 선택은 정당화될 수 있을까. 그 선택은 약자를 폭력적으로 배치하는 이

leaves the narrator to forever live within the constraints of misconceptions, prejudice, and social stigma. And the last scene of the short story reveals what the narrator decided to do in order to take revenge against the teacher: "Where is Seo-u now?"

In the short story, Seo-u subtly hinders the narrator from carrying out the task of bringing her to the teacher. It is impossible to know if that was intentional or not. Seo-u's role in this narrative is in having the collage of a cat character, which overlaps with the cat tattoo, which is mentioned earlier in the story, and the murder of a cat, which is mentioned later. Because she possessed the ominous and sinister collage of a cat and was brusque with the narrator, she becomes a "wicked child," which overlaps with the image of the narrator as she fakes her feelings about the teacher. In the end, Seo-u is only a tool, used to effectively imprint the grotesque aspects of the unconventional assailant (a seemingly innocent but treacherous in reality) in the readers' minds. In this case, can the narrative choice of this short story, which hints at the death of Seo-u as the narrator's revenge on the teacher, be justified? And is this choice suitable for the narrative plan for this story, which wishes for the pro-

사회의 지배질서에 대한 급진적인 전복을 기도하는 이 소설의 서사적 기획과 충분히 어울리는 것일까.

범죄소설의 사회사를 분석한 에른스트 만델은 "모든 범죄소설에는 '살인'이라는 공통의 행위가 포함되어 있고, 이 살인행위는 시간이 지날수록 공포의 대상이 아니라 즐거움의 대상이 된다"[3]고 말한다. 소설에서 자행되는 살인 자체가 폭력적인 지배질서에 대한 반란의 행위로서 기획되지 않고 그저 반전과 서스펜스라는 장르적 쾌감에 복무하게 될 때, 우리는 이 서사가 전하려는 메시지의 정당성과 무관하게, 그 살인을 즐기고 있는 것이 아닐까. 그래서 우리는 지금 긴급하게, 다시 물어야 한다.

"서우는 지금 어디 있어요?"

오혜진 문화연구자. 세명대에서 문학/문화 비평 수업을 진행하고, 미디어·서사·젠더/섹슈얼리티 개념을 중심으로 박사학위 논문을 준비하고 있다.

3) 에르네스트 만델, 이동연 역, 『즐거운 살인─범죄소설의 사회사』, 이후, 2001, 252쪽.

gressive subversion of the society's ruling order that violently disposes of the weak?

Ernest Mandel, who explored the sociology of crime fiction, asserted that all crime stories include the act of murder and over time this act of murder becomes a subject of delight rather than fear.[2] When the murder committed in a story is not planned as a rebellion against the violent ruling order but rather serves to provide pleasure through twists and suspense in thrillers, perhaps we, the readers, are enjoying the murder, unrelated to the justification of the message that this narrative tries to tell. And that is the reason we must, urgently, ask again:

"Where is Seo-u now?"

Oh Hyejin A cultural critic, Oh Hyejin is currently teaching literary and cultural criticism at Semyung University, while working on a Ph.D. dissertation on media, narrative, and gender/sexuality.

2) Ernest Mendel, translated into the Korean by Lee Dong-yeon. Delightful Murder: a social history of the crime story. Ihu, 2001, p. 252.

비평의 목소리
Critical Acclaim

「괜찮은 사람」에서 시작해 「니꼴라 유치원─귀한 사람」을 거쳐 「호수─다른 사람」으로 이어지는 '사람' 연작에서 강화길은 상징계 질서 속에 어떻게든 안착해보려는 여성들이 겪는 위태로운 심리적 서스펜스를 그려왔다. 그리고 각각의 소설에는 전체 서사의 맥락에서는 잉여로 치부될 수밖에 없지만, 화자의 내면으로부터 돌출된 듯한 기괴한 페르소나적 인물들이 튀어나오는 순간들이 있다. 느닷없이 나타나 니꼴라 유치원을 둘러싼 수상한 소문들을 상기시키는 속눈썹 없는 10회 졸업생 여자가 그렇고(「니꼴라 유치원」), 길을 잃은 순간 도축장에서 손수레를 끌고 다가와 고기 썩는 냄새를 풍기며 흘러내리는 아이

In her "person" series, starting with "A Decent Person" and "Nikola Kindergarten—a Precious Person" to "Lake—Another Person," Kang Hwa-gil has written suspenseful psychological thrillers about the women who try anything to find their place in the symbolic social order. And in her short stories, there are moments when strange people who seem to be personas of the narrators' inner psyche jump out, although they can only be dismissed as excesses in the context of the narrative. A couple examples are the eyebrow-less alumna of Nikola Kindergarten who makes a sudden appearance and reminds the narrator of the mysterious rumors about the kindergarten ("Nikola Kindergarten—a Precious Person") and the man with a wheelbarrow who walks out of a

스크림을 건네는 남자가 그렇다(「괜찮은 사람」). 그런데 「호수」에서 페르소나는 더이상 인물화되어 나타나지 않는다. 오랫동안 '오필리아'로 살아왔던 여성은 예기치 못한 순간에 '세이렌'으로 화하는 것이 아니라, '세이렌의 노래' 속에서 지워진다. 그러나 어떤 나르시시즘도 없는 이 냉혹한 지워짐 속에서 역설적으로 소설은 더 강하고 오랜 여운을 남긴다.

강지희, 『2017 제8회 젊은작가상 수상작품집』, 문학동네, 2017

적어도 강화길은 이즈음 한국소설의 성취와 자연스레 이어지면서도 자기만의 빛깔과 무늬를 가진 흔치 않은 작가라는 것은 틀림없어 보인다. 그 독특함은 등단작 「방」뿐만 아니라 「괜찮은 사람」에서부터 「니꼴라 유치원—귀한 사람」, 그리고 「호수—다른 사람」으로 이어지는 이른바 '사람' 연작에서 특히 확연히 증명된다. 미스터리와 스릴러의 장르 문법과 분위기, 신뢰할 수 없는 서술자, 타인/나에 대한 의혹, 여성적 불안과 공포로 탁월하게 반죽한 단편소설들. 하지만 이 단편들이 이런 기술(奇術) 비평 용어로만 해명되거나 정리되기에는 아쉬울 것 같다.

노대원, 《Axt : Art & text. N.11 (2017. 3/4)》, 은행나무, 2017

slaughterhouse, reeking of rotting meat, and hands the narrator an ice cream ("A Decent Person"). However, in "Lake," such personas are no longer personified. The women who have lived as "Ophelias" for a long time, are no longer transformed into "sirens" in unexpected moments but mysteriously vanish in the "song of the sirens." Yet this brutal erasure without a hint of narcissism, ironically, allows the story to leave a stronger, longer resonance.

Kang Ji-hee, *The 2017 8th Young Writers' Award Short Stories*, Munhakdongne, 2017

At least it seems certain that Kang Hwa-gil is one of those rare writers who is connected to the achievements of today's Korean fiction yet maintains her own color and style. Her singularity is clearly evident in not only her debut short fiction "Room" but also in the so-called "person" series, that starts with "A Decent Person" to "Nikola Kindergarten—A Precious Person" and "Lake—Another Person"—she creates short fiction that knead together the grammar and atmosphere of the mystery and thriller genres, unreliable narrators, characters' suspicions about themselves/others, feminine uncertainty and fear. However, it would be unfortunate for these short stories to be explained or summarized only with such technical criticism terminology.

Noh Dae-won, *Axt: Art & Text*, No. 11 (March/April 2017), EunHaeng NaMu Publishing, 2017.

K-픽션 022
서우

2018년 7월 31일 초판 1쇄 발행

지은이 강화길 | **옮긴이** 스텔라 김 | **펴낸이** 김재범
기획위원 전성태, 정은경, 이경재
편집 김형욱, 강민영 | **관리** 강초민, 홍희표 | **디자인** 나루기획
인쇄·제책 AP프린팅 | **종이** 한솔PNS
펴낸곳 (주)아시아 | **출판등록** 2006년 1월 27일 제406-2006-000004호
주소 경기도 파주시 회동길 445(서울 사무소: 서울특별시 동작구 서달로 161-1 3층)
전화 02.821.5055 | **팩스** 02.821.5057 | **홈페이지** www.bookasia.org
ISBN 979-11-5662-173-7(set) | 979-11-5662-376-2(04810)
값은 뒤표지에 있습니다.

K-Fiction 022
Seo-u

Written by Kang Hwa-gil | **Translated by** Stella Kim
Published by ASIA Publishers | 161-1, Seodal-ro, Dongjak-gu, Seoul, Korea
(Seoul Office:161-1, Seodal-ro, Dongjak-gu, Seoul, Korea)
Homepage Address www.bookasia.org | **Tel.**(822).821.5055 | **Fax.**(822).821.5057
First published in Korea by ASIA Publishers 2018
ISBN 979-11-5662-173-7(set) | 979-11-5662-376-2(04810)

바이링궐 에디션 한국 대표 소설

한국문학의 가장 중요하고 첨예한 문제의식을 가진 작가들의 대표작을 주제별로 선정!
하버드 한국학 연구원 및 세계 각국의 한국문학 전문 번역진이 참여한 번역 시리즈!
미국 하버드대학교와 컬럼비아대학교 동아시아학과, 캐나다 브리티시컬럼비아대학교 아시아
학과 등 해외 대학에서 교재로 채택!

바이링궐 에디션 한국 대표 소설 set 1

분단 Division

01 병신과 머저리-**이청준** The Wounded-**Yi Cheong-jun**
02 어둠의 혼-**김원일** Soul of Darkness-**Kim Won-il**
03 순이삼촌-**현기영** Sun-i Samch'on-**Hyun Ki-young**
04 엄마의 말뚝 1-**박완서** Mother's Stake I-**Park Wan-suh**
05 유형의 땅-**조정래** The Land of the Banished-**Jo Jung-rae**

산업화 Industrialization

06 무진기행-**김승옥** Record of a Journey to Mujin-**Kim Seung-ok**
07 삼포 가는 길-**황석영** The Road to Sampo-**Hwang Sok-yong**
08 아홉 켤레의 구두로 남은 사내-**윤흥길** The Man Who Was Left as Nine Pairs
   of Shoes-**Yun Heung-gil**
09 돌아온 우리의 친구-**신상웅** Our Friend's Homecoming-**Shin Sang-ung**
10 원미동 시인-**양귀자** The Poet of Wŏnmi-dong-**Yang Kwi-ja**

여성 Women

11 중국인 거리-**오정희** Chinatown-**Oh Jung-hee**
12 풍금이 있던 자리-**신경숙** The Place Where the Harmonium Was-**Shin
   Kyung-sook**
13 하나코는 없다-**최윤** The Last of Hanak'o-**Ch'oe Yun**
14 인간에 대한 예의-**공지영** Human Decency-**Gong Ji-young**
15 빈처-**은희경** Poor Man's Wife-**Eun Hee-kyung**

바이링궐 에디션 한국 대표 소설 set 2

자유 Liberty

16 필론의 돼지-**이문열** Pilon's Pig-**Yi Mun-yol**
17 슬로우 불릿-**이대환** Slow Bullet-**Lee Dae-hwan**
18 직선과 독가스-**임철우** Straight Lines and Poison Gas-**Lim Chul-woo**
19 깃발-**홍희담** The Flag-**Hong Hee-dam**
20 새벽 출정-**방현석** Off to Battle at Dawn-**Bang Hyeon-seok**

사랑과 연애 Love and Love Affairs

21 별을 사랑하는 마음으로-**윤후명** With the Love for the Stars-**Yun Hu-myong**
22 목련공원-**이승우** Magnolia Park-**Lee Seung-u**
23 칼에 찔린 자국-**김인숙** Stab-**Kim In-suk**
24 회복하는 인간-**한강** Convalescence-**Han Kang**
25 트렁크-**정이현** In the Trunk-**Jeong Yi-hyun**

남과 북 South and North

26 판문점-**이호철** Panmunjom-**Yi Ho-chol**
27 수난 이대-**하근찬** The Suffering of Two Generations-**Ha Geun-chan**
28 분지-**남정현** Land of Excrement-**Nam Jung-hyun**
29 봄 실상사-**정도상** Spring at Silsangsa Temple-**Jeong Do-sang**
30 은행나무 사랑-**김하기** Gingko Love-**Kim Ha-kee**

바이링궐 에디션 한국 대표 소설 set 3

서울 Seoul

31 눈사람 속의 검은 항아리-**김소진** The Dark Jar within the Snowman-**Kim So-jin**
32 오후, 가로지르다-**하성란** Traversing Afternoon-**Ha Seong-nan**
33 나는 봉천동에 산다-**조경란** I Live in Bongcheon-dong-**Jo Kyung-ran**
34 그렇습니까? 기린입니다-**박민규** Is That So? I'm A Giraffe-**Park Min-gyu**
35 성탄특선-**김애란** Christmas Specials-**Kim Ae-ran**

전통 Tradition

36 무자년의 가을 사흘-**서정인** Three Days of Autumn, 1948-**Su Jung-in**
37 유자소전-**이문구** A Brief Biography of Yuja-**Yi Mun-gu**
38 향기로운 우물 이야기-**박범신** The Fragrant Well-**Park Bum-shin**
39 월행-**송기원** A Journey under the Moonlight-**Song Ki-won**
40 협죽도 그늘 아래-**성석제** In the Shade of the Oleander-**Song Sok-ze**

아방가르드 Avant-garde

41 아겔다마-**박상륭** Akeldama-**Park Sang-ryoong**
42 내 영혼의 우물-**최인석** A Well in My Soul-**Choi In-seok**
43 당신에 대해서-**이인성** On You-**Yi In-seong**
44 회색 時-**배수아** Time In Gray-**Bae Su-ah**
45 브라운 부인-**정영문** Mrs. Brown-**Jung Young-moon**

바이링궐 에디션 한국 대표 소설 set 4

디아스포라 Diaspora

46 속옷-김남일 Underwear-Kim Nam-il

47 상하이에 두고 온 사람들-공선옥 People I Left in Shanghai-Gong Sun-ok

48 모두에게 복된 새해-김연수 Happy New Year to Everyone-Kim Yeon-su

49 코끼리-김재영 The Elephant-Kim Jae-young

50 먼지별-이경 Dust Star-Lee Kyung

가족 Family

51 혜자의 눈꽃-천승세 Hye-ja's Snow-Flowers-Chun Seung-sei

52 아베의 가족-전상국 Ahbe's Family-Jeon Sang-guk

53 문 앞에서-이동하 Outside the Door-Lee Dong-ha

54 그리고, 축제-이혜경 And Then the Festival-Lee Hye-kyung

55 봄밤-권여선 Spring Night-Kwon Yeo-sun

유머 Humor

56 오늘의 운세-한창훈 Today's Fortune-Han Chang-hoon

57 새-전성태 Bird-Jeon Sung-tae

58 밀수록 다시 가까워지는-이기호 So Far, and Yet So Near-Lee Ki-ho

59 유리방패-김중혁 The Glass Shield-Kim Jung-hyuk

60 전당포를 찾아서-김종광 The Pawnshop Chase-Kim Chong-kwang

바이링궐 에디션 한국 대표 소설 set 5

관계 Relationship

61 도둑견습 - 김주영 Robbery Training-Kim Joo-young

62 사랑하라, 희망 없이 - 윤영수 Love, Hopelessly-Yun Young-su

63 봄날 오후, 과부 셋 - 정지아 Spring Afternoon, Three Widows-Jeong Ji-a

64 유턴 지점에 보물지도를 묻다 - 윤성희 Burying a Treasure Map at the U-turn-Yoon Sung-hee

65 쁘이거나 쓰이거나 - 백가흠 Puy, Thuy, Whatever-Paik Ga-huim

일상의 발견 Discovering Everyday Life

66 나는 음식이다 - 오수연 I Am Food-Oh Soo-yeon

67 트럭 - 강영숙 Truck-Kang Young-sook

68 통조림 공장 - 편혜영 The Canning Factory-Pyun Hye-young

69 꽃 - 부희령 Flowers-Pu Hee-ryoung

70 피의일요일 - 윤이형 Bloody Sunday-Yun I-hyeong

금기와 욕망 Taboo and Desire

71 북소리 - 송영 Drumbeat-Song Yong

72 발칸의 장미를 내게 주었네 - 정미경 He Gave Me Roses of the Balkans-Jung Mi-kyung

73 아무도 돌아오지 않는 밤 - 김숨 The Night Nobody Returns Home-Kim Soom

74 젓가락여자 - 천운영 Chopstick Woman-Cheon Un-yeong

75 아직 일어나지 않은 일 - 김미월 What Has Yet to Happen-Kim Mi-wol

바이링궐 에디션 한국 대표 소설 set 6

운명 Fate

76 언니를 놓치다 - 이경자 Losing a Sister-Lee Kyung-ja

77 아들 - 윤정모 Father and Son-Yoon Jung-mo

78 명두 - 구효서 Relics-Ku Hyo-seo

79 모독 - 조세희 Insult-Cho Se-hui

80 화요일의 강 - 손홍규 Tuesday River-Son Hong-gyu

미의 사제들 Aesthetic Priests

81 고수 - 이외수 Grand Master-Lee Oisoo

82 말을 찾아서 - 이순원 Looking for a Horse-Lee Soon-won

83 상춘곡 - 윤대녕 Song of Everlasting Spring-Youn Dae-nyeong

84 삭매와 자미 - 김별아 Sakmae and Jami-Kim Byeol-ah

85 저만치 혼자서 - 김훈 Alone Over There-Kim Hoon

식민지의 벌거벗은 자들 The Naked in the Colony

86 감자 - 김동인 Potatoes-Kim Tong-in

87 운수 좋은 날 - 현진건 A Lucky Day-Hyŏn Chin'gŏn

88 탈출기 - 최서해 Escape-Ch'oe So-hae

89 과도기 - 한설야 Transition-Han Seol-ya

90 지하촌 - 강경애 The Underground Village-Kang Kyŏng-ae

바이링궐 에디션 한국 대표 소설 set 7

백치가 된 식민지 지식인 Colonial Intellectuals Turned "Idiots"

91 날개 - 이상 Wings-Yi Sang

92 김 강사와 T 교수 - 유진오 Lecturer Kim and Professor T-Chin-O Yu

93 소설가 구보씨의 일일 - 박태원 A Day in the Life of Kubo the Novelist-Pak Taewon

94 비 오는 길 - 최명익 Walking in the Rain-Ch'oe Myŏngik

95 빛 속에 - 김사량 Into the Light-Kim Sa-ryang

한국의 잃어버린 얼굴 Traditional Korea's Lost Faces

96 봄·봄 – **김유정** Spring, Spring-**Kim Yu-jeong**

97 벙어리 삼룡이 – **나도향** Samnyong the Mute-**Na Tohyang**

98 달밤 – **이태준** An Idiot's Delight-**Yi T'ae-jun**

99 사랑손님과 어머니 – **주요섭** Mama and the Boarder-**Chu Yo-sup**

100 갯마을 – **오영수** Seaside Village-**Oh Yeongsu**

해방 전후(前後) Before and After Liberation

101 소망 – **채만식** Juvesenility-**Ch'ae Man-Sik**

102 두 파산 – **염상섭** Two Bankruptcies-**Yom Sang-Seop**

103 풀잎 – **이효석** Leaves of Grass-**Lee Hyo-seok**

104 맥 – **김남천** Barley-**Kim Namch'on**

105 꺼삐딴 리 – **전광용** Kapitan Ri-**Chŏn Kwangyong**

전후(戰後) Korea After the Korean War

106 소나기 – **황순원** The Cloudburst-**Hwang Sun-Won**

107 등신불 – **김동리** Tŭngsin-bul-**Kim Tong-ni**

108 요한 시집 – **장용학** The Poetry of John-**Chang Yong-hak**

109 비 오는 날 – **손창섭** Rainy Days-**Son Chang-sop**

110 오발탄 – **이범선** A Stray Bullet-**Lee Beomseon**

안도현 시선   Poems by Ahn Do-Hyun
고 은 시선   Poems by Ko Un
백 석 시선   Poems by Baek Seok
허수경 시선   Poems by Huh Sukyung
안상학 시선   Poems by Ahn Sang-Hak
김 현 시선   Poems by Kim Hyun
김소월 시선   Poems by Kim Sowol
윤동주 시선   Poems by Yun Dong-Ju
송찬호 시선   Poems by Song Chanho
정일근 시선   Poems by Jeong Il-Geun
이육사 시선   Poems by Yi Yuksa
정지용 시선   Poems by Jeong Ji-Yong
김용택 시선   Poems by Kim Yong-Taek
김명인 시선   Poems by Kim Myung-In
정호승 시선   Poems by Jeong Ho-Seung
이장욱 시선   Poems by Lee Jang-Wook
진은영 시선   Poems by Jin Eun-Young
김승희 시선   Poems by Kim Seung-Hee
김중일 시선   Poems by Kim Jung-Il
송경동 시선   Poems by Song Kyung-Dong
김승일 시선   Poems by Kim Sueng-Ill
안미옥 시선   Poems by Ahn Mi-Ok
김정환 시선   Poems by Kim Jeong-Hwan
김기택 시선   Poems by Kim Ki-Taek
김언희 시선   Poems by Kim Eon-Hee
박소란 시선   Poems by Park Soran
유홍준 시선   Poems by Yu Hong-Jun
김성규 시선   Poems by Kim Sung-Gyu
이영광 시선   Poems by Lee Young-kwang
안현미 시선   Poems by Ahn Heon-mi
김 근 시선   Poems by Kim Keun

K-포엣 시리즈는 계속됩니다.
리스트에 변동이 있을 수 있습니다.